## 作者简介：

**严俊**，生于1972年，定居北京的上海人。毕业于上海同济大学，纽约市立大学MBA，望厚山资本联合创始人、董事。

每年有四分之一的时间在欧洲、美国和海岛度过。旅行中，无论在三千米的瑞士雪山还是坐豪华游艇出海，永远盛装打扮，裙装出场，让自己成为外国人眼中的一道亮丽风景。酒店才是她的旅行目的地。她几乎自费住遍了欧洲五星级的酒店，并长期免费为《时间艺术》《头等客》《慢旅》《私人飞机》等杂志的旅游专栏供稿。多家一线媒体，如《芭莎珠宝》《罗博报告》《Target目标》《尚流》都对她有专门报道。

她还热衷于慈善事业。多次在桂馨慈善基金会举办的慈善拍卖中成功拍得或捐赠拍品。

# 慢游

我见识过无尽的匆匆旅者，麇集在实为苏宁电器控股的日本电器店里，大包小包打包着生活必需品，在旺季，还会偶有"出名者"见诸主流报端，对着镜头说"消费没有预算限额"，留下喜气洋洋的定格后扭头接着买，付钱不加塞不排队；麇集在老佛爷买一个又一个LV，擤着鼻涕；麇集在爱马仕门口买完后回到狭小的房间吃着扛来的康师傅；走过一个又一个景点，匆匆拍照、匆匆离去，每天都要看上七八个，不然看不完，留下可资证明来过的证据，无非是残留在朋友圈的那几张照片；拖家带口，抑制不住孩童的啼哭和打闹，一群小蜜蜂，嗡嗡嗡……的确，世界这么大，我们确实需要走出去，我们压抑太久也闭塞太久，我们不再是第三世界的"屁民"而是全世界的主宰了，我们要坚持行走，要快，以更快的速度"蹚平"全球。买了，看了，转了，到过，这确实是一种旅行的方式，却并非是旅行的唯一意义和全部意义。

旅行是一种生活，带有逃逸性质的生活。逃逸是每个人都有的潜意识欲望，我们渴望新鲜。旅行是一种对现有的、既定的生活轨迹的脱离和"背叛"，强硬却又极为自然地把我们从一个世界切入到另外一个世界。对于部分人而言，是从一个稔熟甚至麻木的快频生活，堕落到一个慢节奏的、扎实的、享乐的、趣味的新鲜世界。日常生活与旅行的关系，类似于零存和整取。旅行是从一个自以为是的人，直接切入到一个原始动物模式，文化、饮食、服饰，甚至包括交通工具，一切从"零"开始。旅行，以各类消费为基础，带来的，实则是一种全新生活的感染。缓慢，安静，沉下去——早晨睡到自然醒，午饭轻松吃一点，下午去看一个景点，比如去转一个博物馆或

听一场音乐会，不妨逛逛街买些独有特色的物件儿，走到略有疲惫回到舒适的酒店小憩，之后"沐浴更衣"，衣着靓丽地享受当地风味的星级晚饭，品尝美食美酒，忘记人生……旅行，以探索之心开始，以舒惬的满足结束。我坚定地认为疲惫不堪匆匆而过等于没有到过。甚至我更为偏执地认为，真正有感受的旅行必然带有某种孤独（安逸）的品质，旅行不仅拓展见识，充实自我，与此同时，旅行的一种重要意义在于，整个过程可以使你更充分、饱满、真实地触摸和感受自我，感受人生，感受世界。"出轨"，肯定不是永久性的逃逸；偶尔的"出轨"是为了更透彻地拥有回归。

吾道不孤。严俊正是这种"慢旅游"的倡导者与实践者，她对豪华酒店偏执般的迷恋和专业使我佩服得五体投地，此文集的出版，势必成为"慢旅游"模式的一颗明星，为如何慢旅游树立榜样。

媒体人、行者　**王寂**

表叔王寂微信公众号

# 目录

# 我的 "世界末日" 游

有这样一家酒店：位于世界最负盛名的滑雪场——法国阿尔卑斯山的库维舍维尔；每年只营业四个月；冬天，顶级的富翁坐着直升机来度假；最少必须住满五天；只有四十多间客房，却配有超过两百名服务人员；每晚的房价人民币两万元起……

满怀好奇，我把2012年"世界末日"的那一周安排在这里。

在日内瓦机场，私人轿车早已等候在出口。经过两个小时的高速公路加盘山公路，我们来到了海拔1850米的库维舍维尔Les Airelles酒店。

酒店看起来完全是个童话世界。一幢精致的木屋，无论外墙、内墙还是天花板，布满了手绘的粉彩画，向我们讲述着一个

Les Airelles酒店外景（照片由立鼎世集团提供）

有关驯鹿、松鼠、山鹰和森林的故事。半人高的松软、细腻、洁白的积雪和长达三十厘米晶莹剔透的冰柱为木屋镶上了美丽的花边。天还没有完全黑，无数的彩灯就亮了，勾勒出几只小鹿拉车的剪影和远处房子的轮廓。到处都是圣诞树，还有繁星点点，仿佛圣诞老人随时有可能从天而降。

下了车，酒店的总经理早已在门口恭候。因为我们不仅是他的贵宾，更是稀客——在整个库维舍维尔都很少见到黄种人。前台有着天使般笑容的芭芭拉小姐把我们送到客房，并详细介绍客房的各种设施。每间房都有无敌雪景的阳台。家具和装饰流露

出德奥风情，因为这是奥地利茜茜公主来滑雪下榻的酒店，而酒店的主人正是茜茜公主的铁杆粉丝。令人称奇的是客房内配有湿蒸室，让客人放松滑雪一天的紧张肌肉。当然，与之完美搭配的是爱马仕的系列洗漱护肤用品。九岁的女儿才是最大赢家，她对酒店赠送的LEGO玩具爱不释手。专门为她准备的儿童护肤品、防冻膏和绣花小拖鞋让她第一次有了做小主人的感觉……

来库维舍维尔，你一定要做一件事，那就是滑雪。作为一辈子从未滑过雪的我们，先从置装开始吧。沉重的雪鞋靴、滑板可以在酒店租，滑雪服要自备。虽然酒店有售，但我们还是决定去

Les Airelles酒店餐厅

山腰的小镇转转。

上下山的交通工具很特别：酒店的爱马仕马车可以成就每一个灰姑娘的梦想。马车行驶在白雪皑皑的盘山小径，受着路人的注目礼，真有美梦成真的感觉，也有一份小小的虚荣与骄傲在膨胀——因为我们是富有的中国人。

最精彩的部分终于上演了！第二天，吃完早饭，我们就迫不及待地涌入滑雪准备室。酒店的滑雪准备室直通初级滑雪道，所以这类酒店又称滑进滑出酒店。服务员为我们选好了合适的雪具，并一一为我们穿上。在教练马克的手把手教导下，女儿很快

掌握了要领。虽然我笨手笨脚老跌跟头——跌跟头也是享受，跌在松软的雪地上就像跌在云端，一点也不痛。但心里早就偷着乐了，因为女儿滑得很好。

滑了一天的雪，有点累了。滑回酒店，早有精美的糕点，热气腾腾的红茶和热葡萄酒摆放在滑雪准备室，供我们随时享用。甚至还有防冻霜和唇油……我们没想到的，酒店都想到了。

该放松一下疲惫的身体了。我和老公想去水疗中心，可女儿想去儿童俱乐部。儿童俱乐部有三百多平方米，不仅有传统的城

Les Airelles酒店门口

Les Airelles酒店为客人准备的爱马仕马车

堡、积木、毛绒玩具，还有各种五光十色最新式的电玩，甚至有一个小型放映室，看来各种年龄的孩子都会找到自己喜欢的。管理员是个二十出头的帅小伙，正在教孩子折纸。一向特别依赖我的女儿很快被吸引了，挥手让我们离开。

于是我和老公来到水疗中心。这里有一个标准的室内恒温地。室内外热力按摩池、干湿蒸室，一应俱全。最有意思的是雪洞。在蒸完桑拿后，钻进雪洞是对身体最有效的刺激。可是我实在没有勇气进去，感觉里面住了一头北极熊。外面开始飘雪，泡在室外热力按摩池，喝一口热巧克力，舔着偶尔飘落在唇边的雪

花，再扒一根屋檐下的冰柱，味道好极了。

入夜，繁星点点，酒店餐厅外的小转马张灯结彩。在享用完米其林餐厅的大餐后，女儿又禁不起诱惑，要玩一圈小转马。虽然是只有一个孩子的游乐园，但是她快乐的笑声估计圣诞老人也能听得到。

这是"世界末日"的夜晚。房间里，服务员早已开好床，打开加湿器。这一晚我睡得特别安稳。因为我没有遗憾。就算明天太阳不再升起，我也不会抱怨生命的短暂。有我深爱的家人相伴，在这童话里才有的地方结束，无论如何，都是美好的。

# 彩虹的尽头

今天，北京下了一场暴雨。雨后的天空蓝得像块宝石，金色的余晖映衬着一条彩虹。这是我在北京第一次见到彩虹，虽然在这里生活了十几年。据说顺着彩虹的方向一路寻下去你会找到自己的真爱。于是我闭上眼睛，到过的地方如同走马灯似的在脑海中变幻，最后，定格在意大利的波托菲诺。是的，那是我的真爱，那是彩虹的尽头。

大部分中国人去意大利便直扑那几个大城市：罗马、米兰、佛罗伦萨、威尼斯……我的真爱却在一座小渔村——波托菲诺。说它小是因为地方确实不大，而且在中国知道的人也不多。但其实它确是世界级的著名的旅游景点，区域内的五渔村是联合国教科文组织宣布的世界文化遗产之一。为了更好地了解波托菲诺，我特意网购了一本《走遍意大利》。哪知道厚厚的一本书，写到

波托菲诺港口

波托菲诺的只有半页，我的意大利朋友看了以后急得眼泪都要掉下来了。

　　波托菲诺公共交通不太方便，这也是阻碍了大批中国游客的重要原因之一。意大利的火车名声不太好，于是，我们雇了车从米兰出发，不远，也就两百来公里。这一片地区都叫作东里维埃拉，而西里维埃拉则是法国的尼斯和摩纳哥公国一带。波托菲诺是大陆伸向海洋的一个小小触角。狭义上说，就是一个港口。但人们往往把附近方圆几公里都叫作波托菲诺区域。我们住在Santa Margherita Ligur，是广义上的波托菲诺。Grand Hotel Miramare酒店依山傍海，坐电梯可以到达大堂。白色的古典建筑被一个巨大的花园包围着。花园里，如瀑布般的紫红色三角梅被湛蓝的天空和大海、纯白的20世纪初的古老建筑映衬得越发艳丽。这里是我最喜欢的影星费雯丽度蜜月的地方。置身其中，仿佛穿越到了几十年前。这里的酒店都依山而建，把蓝得发紫的大海踩在脚底下。去波托菲诺港有陆路相连，但最好的方式是坐船。

Grand Hotel Miramare酒店

船渐渐要靠岸了，天哪，这里的房子居然是五颜六色的！红的、橙的、黄的、粉的，呈现出一派和谐的暖色系列。而天空和海洋都是碧蓝的，云朵和游艇则是珍珠白的，散发着光泽。色彩鲜艳的房屋环绕着碧绿的小海湾，背靠群山绿荫繁密，面临大海碧波浩渺。房屋外墙刷上鲜艳色彩与绿色山丘和蓝绿色海水呈强烈反差。帆船三三两两，进出港湾，大海的热情澎湃和港湾的温柔宁静交织在一起。有着那么多鲜艳浓郁的颜色，这里一定是彩虹的家。

别以为小小的半岛上一派原生态的生活状态，错误，这里是高大上的地方，是奢侈品的天下。临岸的餐厅里，坐着头发如雀巢、穿着一线品牌休闲装、戴着夸张首饰的美妇人。虽然是下午时分，码头边的餐馆里依然人满为患。喝香槟的、吃冰激凌的、聊天的、看书的，各得其所，仿佛有花不完的闲暇时光。国际一线大牌应有尽有，卖的都是城里不常见的货色，比如稀有皮革的包包。几百万、上千万元的首饰就陈列在那里，没有像卡地亚那样有着戒备森严的两道门。那些阔气的全钻项链居然发出像瀑布流水一般跳跃的耀眼光芒。这，我还是头一回见到。仔细研究，才发现奥妙就在频闪的光源上。

整个波托菲诺半岛上只有一家五星级酒店，坐落于山顶的Hotel Splendido和位于水边的Splendido Mare魔幻庄园，就像一

波托菲诺街景

Hotel Splendido酒店套房阳台（照片由立鼎世集团提供）

对绝美双姝，标准房价一万五千元人民币一晚，是魅力十足的波托菲诺的灵魂所在。山顶的那家前身是一座修道院。无边的泳池及四英亩的油橄榄树点缀的花园使得浪漫弥散。虽然我没有机会一住，却听说过它的不少传闻。20世纪50年代，在意大利的渔村即将成为世界著名景点之际，弗雷德·哈蒙德曾低声吟唱："在波托菲诺，我找到了真爱。"理查·伯顿曾在这里向伊丽莎白·泰勒求婚。

从波托菲诺港回来，虽然在这里没有碰到一个中国游客，但是我们却发现了一家中国餐馆——北京楼。这是我们在境外遇见的最好客的中国餐馆。开店的女老板以及菜品与北京丝毫没有干系。从老板到店里的雇员一律是温州人。在意大利北部华人几乎是一色的温州人。他们吃苦耐劳的精神也是非常有名的。女老板一看就知道我们是同胞，不仅全单对折，而且还免收服务费。本来在价格上就比旁边的意大利菜有巨大的竞争优势，还要让利，弄得我们实在不好意思。执意再三老板才收下了小费。这与世界各地华人开免税店，有些导游专宰同胞有天壤之别。使我立刻对波托菲诺的好感再次加深。

明媚的山水、鲜艳色彩的房屋、好客的同胞，彩虹的尽头就是一个这样美好的地方。每每天空出现雾霾，心中充满阴霾，只要一想起这彩虹尽头的神奇地方，阳光便会重回。因为有真爱。

# 时光裂缝

我相信有时光裂缝，它们位于世界知名人文建筑，只在特别的时点开放。于是，2015年年末，我从巴塞尔的老桥上纵身一跃，眼前漆黑，一阵晕眩过后，降落在1900年的这座老城。跟随豪华马车，来到城中贵族聚集的场所——Grand Hotel Les Trois Rois (三王酒店)。

大堂挑空有五层楼那么高。光线从玻璃顶棚透下来。为圣诞节准备的无数大小不一、亮红和纯金两色彩球，随着光线从顶棚洒下来，让每一个人都沐浴其中。使我想起希腊神话故事中，天神宙斯化为黄金雨，与人间的美女相会。

老旧的黄铜钥匙缀着流苏；印着暗花的真丝壁布，要么是一色的暗红，冷艳高贵，要么是一色的宝蓝，深沉典雅；房间墙上不

三王酒店图书馆

三王酒店大堂吧

经意的一台钟，是CHOPARD（萧邦）的；写字桌上摆放的价值六千元人民币的转表器又把我拉回现实。

是的，我以为时光倒流了一百年，这就是巴塞尔老城给我的印象，这就是三王酒店，静静地矗立在那里，三百多年了，特立独行，根本不理会春来冬去，岁月更替。

床头，搁着一本酒店图册，沉甸甸的，厚重而有年份感，记录着自1681年以来它的历史、发生过的事情。入住过的名人，数不胜数，接待过拿破仑（Napoleon）、伊丽莎白二世（Elizabeth II）、毕加索和托马斯·曼（Thomas Mann）等。1798 年，拿破仑在这里举办了商务午宴，与巴塞尔当局讨论法瑞关系。不经意地翻看着，突然，一行苍劲有力的中文书法跃入我的眼帘，原来我国的领导人江泽民主席在1999年也曾到访过，并签下大名。

酒店的名字，"Trois"是"三"的意思，"Rois"是"皇族"的意思。所以，译成中文就是"三王"。至于这三个国王究竟是谁，一直是个有争议的话题。有一种说法是，这是传说中的三位贤人，曾在酒店内开过会，商讨过大事。这三位贤人的雕像就高高地矗立在外立面插旗帜的上方。酒店的LOGO也是三个国王，他们的形象颇有点扑克牌里老K的意思。

三王酒店套房（照片由立鼎世集团提供）

三王酒店的餐厅Restaurant Cheval Blanc（照片由立鼎世集团提供）

我们的套房面对着莱茵河。

坐在窗前不时一大群水鸟成群结队地掠过，牵动着我的视线。那座闻名老桥就在眼前。冬日的午后，人们簇拥在能晒到太阳的桥下那几节台阶上。有的聊天，有的发呆，有的逗宠物玩。日头渐渐西去，台阶上的阳光也越来越少。但有一缕光就有簇拥的人们，就像那热爱太阳的向日葵一样，生命不息，追随不止，直到它完全隐没在山的那头。

入住时，前台小姐送给我和女儿各一枝红玫瑰。枝干又粗又直，花骨朵结实紧密，芳香扑鼻，一看就是上好的品种。正在发愁怎么保存，抬眼，房间的写字桌上已经备好了细长形的花瓶，而且盛了半瓶水，刚好插两枝花，不禁赞叹酒店的精心安排。

酒店的餐厅Restaurant Cheval Blanc无疑是点睛之笔，2015年10月刚刚从米其林二星升级为三星，成为瑞士不超过5家的三星餐厅之一。餐厅主厨Peter Knogl，是瑞士酒店首位获得米其林三星的厨师。

如今，酒店的来宾们对贸易通道的兴趣有所减少，但莱茵河畔的客房却依然炙手可热，特别是在一年一度的巴塞尔钟表珠宝艺术博览会期间，需要至少提前一年预订，是PATEK PHILIPPE（百达翡丽）的老板以及他最尊贵的客人下榻的地方。这就是为什么每个房间的写字台上都配有昂贵的转表器。

巴塞尔的公交车多数都是有轨电车，扎着两个小辫子。扭动着长长的身躯，咣当咣当地慢悠悠地行驶着。公交车站都有电子

三王酒店大堂的黄金雨

屏幕，显示是哪一班车将于什么时间到达，精准率不亚于瑞士钟表。车厢里也有电子屏幕，显示着前方到站和行驶线路。甚至还有Wi-Fi，但是没有人看手机，大家都把目光投向车窗外面或者是低声交谈。现代化正在慢慢地改变着这座古老的城市和人们。但人们却丝毫没有摒弃历史带给他们的传承。

三王酒店礼宾部的总管是一位身材苗条的中年妇女，有着一口洁白的牙齿，大而深邃的黑眼睛。当她得知我来自北京时兴奋地告诉我，早在她十八岁，还是酒店管理专业的学生时就有机会随团去过北京。在一个夏天的清晨五点多，她们几个女孩想办法绕过了带队的老师，偷偷地从酒店溜出来租了自行车，去故宫遛弯儿。就在故宫的外墙，她见到一位毕生难忘的最美的中国女

人。那是一个五十多岁的扫地阿姨，尽管只是穿着工服，年纪已经不小，但是从阿姨身上散发出那种不卑不亢、优雅干练的气质，劳动者的尊严，被故宫红墙映衬着，让她至今铭刻在心。当她说话时，我目不转睛，她那由于激动而放出异彩的瞳孔，带我回到了二十多年前的北京紫禁城……

我们生存的空间，就像一本书的页面，被时光串联。这本书，永远只能往后翻看，却再也回不到前页。每一个有限的生命，只能窥见其中薄薄几页，那是人生之最大遗憾。那些保存得很好的人文建筑，仿佛将时空撕开一个裂口，让我们得以穿越到从前，将短浅的眼界延伸。新鲜现代的事物固然美好，做一个历史的守望者也是对人类文明的最大尊重。

# 情结

我们这代人（"70后"）对俄罗斯似乎没有什么特殊的感情，那却是父母一辈子都想要去的两个地方之一，另外一个是台湾。他们向往俄罗斯的原因是：那个年代，由于苏联和中国同属社会主义国家，关系甚好，从小学的是俄文而不是英文。我至今还记得小时候家里有许多俄文版的精美图书。如果学了一门外语，却从来没有去过说这门语言的国家，那有多可惜呀！

去莫斯科完全是由于五一假短，想找个直飞、距离不太远的地方。也许是近期俄罗斯与乌克兰关系不太稳定，而多家航空公司都开通直航，所以北京飞莫斯科的飞机票出奇便宜，甚至低于北京到三亚的价格。飞机根本就坐不满，只要你愿意，就可以将经济舱的座位把手挪开，一路躺到目的地。虽然莫斯科属于欧洲，但是飞行距离来回平均只有七个小时，只比北京到新加坡多半个小时。

莫斯科机场小得可怜，恐怕是中国三线城市的机场大小。之前就有人提醒我，俄罗斯人工作效率很低，过海关时算是见识了。平均一个人要花费三分钟，信息的数据完全是手工录入的，能不慢吗？好不容易快要排到了，工作人员突然将两个买了许多免税品的旅客安插到我们的前面，而旁边就是外交礼遇通道，却一点都没有发挥作用。

约好的中国司机开着又破又旧的面包车来接我们，这样的车恐怕只有在北京的东郊市场才能见到。心中不爽，但后来打过几次出租就发现这里的车都是早被淘汰的款式，座位特别拥挤，用料单薄。沿途的民宅都是长方形建筑，颜色土黄、粉不拉叽的，一点都没有欧洲的感觉。

由于带着孩子，深恐莫斯科的治安，开画廊专卖俄国油画的邻

红场

居老大爷一脸担忧地让我们小心，所以我们决定只去红场。选择的两家凯宾斯基酒店，一家在红场的南面，一家在红场的北面，一南一北步行至红场的距离都在十分钟之内。

Baltschug凯宾斯基和红场只隔着一条河。远远就能望见酒店气宇轩昂的浅黄色建筑。办理入住时戴珍珠项链的服务员一眼就叫出了我的名字，让人意外而又受宠若惊。大堂挑高，天花板上垂下巨大的花枝乱颤的紫色水晶灯，浪漫中透着仙气。整栋大楼是围合式的，走廊异常宽敞，开发商一定是个阔气的老板。一边是客房，一边是全落地窗户，可以看到中庭的婚礼堂。

一大早我们就迫不及待地去餐厅用早饭。俄罗斯的标志性景点——红场上的圣母升天大教堂，透过窗户就可以望见，如同摆在桌子上的一尊花瓶。一面的墙上挂满了大大小小长方形的镜子。而对面墙上则铺满了磁盘。早餐非常合口味，居然有水晶虾饺，水平比巴黎文华东方的炸油条要高多了，后者根本就是黄油煎面棍。橘红色的大鲑鱼子酱虽然不是上等货，但出现在早餐桌上就已经很不错了。整只的蜂巢让人不忍下手，五六种不同花源的蜂蜜颜色、滋味各不相同。

酒足饭饱之后我们便爬上酒店门口的桥，翻过莫斯科河。红场上那著名的教堂就像一个个彩色洋葱头，孩子说像童话中的糖果

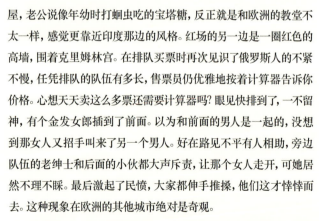

红场

Baltschug凯宾斯基酒店餐厅（照片由立鼎世集团提供）

屋，老公说像年幼时打蛔虫吃的宝塔糖，反正就是和欧洲的教堂不太一样，感觉更靠近印度那边的风格。红场的另一边是一圈红色的高墙，围着克里姆林宫。在排队买票时再次见识了俄罗斯人的不紧不慢，任凭排队的队伍有多长，售票员仍优雅地按着计算器告诉你价格。心想天天卖这么多票还需要计算器吗？眼见快排到了，一不留神，有个金发女郎插到了前面。以为和前面的男人是一起的，没想到那女人又招手叫来了另一个男人。好在路见不平有人相助，旁边队伍的老绅士和后面的小伙都大声斥责，让那个女人走开，可她居然不理不睬。最后激起了民愤，大家都伸手推搡，他们这才悻悻而去。这种现象在欧洲的其他城市绝对是奇观。

克里姆林宫里种的全是金洋葱，大大小小、高高矮矮，有的头上还带着小穗儿，在阳光的照耀下秀色可餐。大概这个地方太寒冷了，洋葱是主要蔬菜，人们对洋葱的热爱反映到了建筑上。

忽而天空黑压压地飞过一排战斗机，又是一排，也许是为几天以后的著名红场大阅兵做彩排吧！

俄罗斯最古老最高档的古姆（GUM）百货公司就横在红场的东边。虽然货品极其丰富，但是价格也奇贵，和北京的新光天地有一拼。但是有一样例外，那就是有着百年历史的冰激凌。最佳口味的是香浓幼滑的牛奶冰激凌棒，用银色的锡纸包裹，我家那"老小孩"和小小孩每天都要吃上两根方才罢休。

古姆百货公司再往北，沿着步行街走两三百米就是另一家凯宾斯基Nikol'Skaya。酒店建筑建于19世纪70年代，直至20世纪前期曾是奥洛夫-戴维多夫伯爵的故居。门口供泊车的走廊宽敞大气，半户外还悬着巨型"大团结"吊灯，一看就是大手笔的派头。古色古香的大堂让人回忆起设有上甲板和精致的弧形楼梯的远洋邮轮。色彩丰富的玻璃圆顶让人浮想联翩，仿佛回到了"美好年代"。大堂、

克里姆林宫

走廊甚至电梯里挂满了无数的水晶灯。客房的户门是白色描金边的，厚实得仿佛子弹都打不破。我们的房间位于酒店内侧，有一个风格独特的小阳台，可欣赏酒店内庭院天井的别致美景。

酒店一层的MosaiK餐厅因为具有1907年出自Edouard Nierman之手的装饰性马赛克天穹而独具特色。这些马赛克花卉图案多呈三角形，天花板的中间和两边都有，以深蓝和玫红为主，配上无色全透明水晶灯，紫酱红色的沙发椅，隐隐透露出一千零一夜的阿拉伯宫殿的味道。俄罗斯真是个神奇的地方，它贯穿东西，包容南北，浓缩了欧亚文明的精华。

在莫斯科的最后一天下了连绵不断的雨，不过没关系，我们一家三口都浸泡在酒店的泳池里。虽然位于地下二层，但是有着挑高两层带蓝天白云的天花板，让我们完全忘记了户外阴霾的天，俨然来到了夏威夷。

整整四天，我们都在红场周围转悠，没有去莫斯科大学，没有去女王的行宫。拉我们去机场的中国小伙儿觉得我们的行程有些遗憾，反而正是这些遗憾，结下了我们的俄罗斯情结。我们相约，下一个目的地：圣彼得堡。

同样是五一假期，我父母去了他们向往了一辈子的台湾。由于是跟团游，回来累得一塌糊涂，加上天公不作美，只记得每天上下旅游巴士，住一晚换一个地方。起早贪黑，连下榻酒店长什么样子都不知道，摇头叹气说再也不去台湾了。事实就是这样，一场好的旅行会在你心里结下目的地的情愫，老忘不了，每每牵挂，总想着故地重游；而一场坏的旅行，足以摧毁一辈子的想头，就像多年后再见到发了福的初恋情人，心中那草莓般的酸甜瞬间变成了吞苍蝇的感觉。

是谁打下了我的俄罗斯情结哟！

# 来比萨，不为斜塔，只为温泉

一提起比萨，人们立即会想到那闻名世界的斜塔，它不仅是意大利的象征，更是每个访客热衷的"到此一游"之地，就连小学四年级女儿的语文课本上也有"两个铁球同时落地"的名文。也许，人们并不知道，在离比萨斜塔不远的San Giuliano Terme（圣朱利亚诺）山区，有着以医疗效果温泉而闻名的疗养胜地。

夏天，我带着年迈的父母和可爱的女儿，从米兰一路驱车南下。为我们开车的是米兰神州旅行社（SNZO Travel）的陈君先生。去年圣诞节在日内瓦接机的是法国的帅小伙，但是足足晚到一个小时和语言不通让我们一路提心吊胆。中国的陈君先生不仅帅，而且每天都早到半小时在酒店等候，为我们的旅途增添了一份踏实与安心。

下榻的Bagni di Pisa Palace & Spa（巴格尼-比萨宫殿和温泉酒店），位于托斯卡纳地区比萨附近的小镇圣朱利亚诺。到了春季，这些位于西南部的亚平宁山区的许多小镇变得神秘起来，原因是那具有医疗作用的温泉。小镇大约有3万居民。20个村落分布在面积92平方公里的绿洲上，有着悠久的历史和神奇的自然奇观。酒店的历史可以追溯到18世纪，由于古罗马人对温泉文化的喜爱，圣朱利亚诺成为著名的欧洲贵族温泉浴场。1743年，托斯卡纳公爵弗朗西斯洛林斯蒂芬建造了他的夏季温泉住所，这就是酒店的前身了。对温泉的热爱深深影响了意大利许多上流社会的人们，公爵府很快成为贵族的时尚聚会场所，瑞典国王、英国的乔治四世等都曾是这里的座上宾。

小镇距离比萨只有几公里，由于受到周边的佛罗伦萨、卢卡等城市浓厚艺术氛围的影响，充满了艺术气息。到了20世纪，许多诗人、艺术家的身影也常常出现在这里。如今名人不在，只有

巴格尼-比萨宫殿温泉酒店水疗中心治疗室

橄榄树下三三两两当地的居民。而民居旁窄窄的小河依旧静静流淌。走在罗曼样式的石板桥上，仿佛穿越在历史与现实间，仿佛时光凝滞、恍若隔世。

酒店位于小镇中心，黄色的外墙，气宇轩昂，顶端镶嵌有一座大钟，让人过目不忘。酒店和温泉是一家，但有不同的接待大堂。酒店的前台插着向日葵，反而洋溢着田园的温馨与静谧。但是，当服务员带我们穿过长长的拱形走廊，打开套房的大门时，我们立即被屋内的景象震撼了：足足有六米高的拱形天花板上有着精美的粉笔手绘图案，巨大的床榻，帐幔从半空垂落下来，

原汁原味的18世纪家具，公主的闺房也不过如此吧。女儿兴奋地蹦上床，她在这硕大的空间里，居然显得有些渺小。宽大的拱形落地窗考究地分为两层，有一层为木质百叶窗可以遮光，所以，厚重而有质感的窗帘退居装饰作用。窗外，一棵巨大的松树结满新鲜的松果，长得居然像一只只浑圆的青苹果。桌上摆放着为我们——立鼎世会员准备的香槟和水果。

和套房相连的高级房进门有个小小的回旋厅，也有着同样漂亮的彩绘天花。酒店共有60间客房，套房占了1/3强，近一半的房间都有着彩绘天花，足见公爵府当时的奢华。

小镇风情

登上巴格尼-比萨宫殿酒店后的山坡

　　酒店坐落的小镇实在是很小。午后时分，小广场的遮阳伞下坐满了喝咖啡的老头儿老太太，跟每一个过来的人打招呼。因为这里是有名的温泉疗养胜地，年轻人反倒成了罕物，也绝少像我们这样的黄皮肤的游客。街边小食品店的自制面包大得赛过脸盆，光肉肠就有二三十个品种。一位老妇人就坐在自家店铺门口，编织着手中的花边，小店里，则琳琅满目地摆放着她织的各色蕾丝制品。走进去买东西，倒像是去邻家串门。

　　重头戏当然是泡温泉。酒店的水疗区足有两千多平方米。配备经认证的专业人士，以减肥项目见长。酒店的宾客和温泉的顾客都可享受一系列的按摩和美容护理，以及泥疗、浴疗和吸入法。泡汤池有室内和室外两个，每个都有游泳池大小，四周有每隔一段距离就有可以产生激浪的按钮。水温在接近人体的37℃，比起日本箱根的浴池，温度更为适宜，可以长时间享受。年迈的父母十多年没下水了，这次竟兴致勃勃地连泡两天。室内池故意调低光线，营造出如洞穴般幽暗神秘的效果，入水后，仿佛自己的气息也与水流声合一，仿佛自己的身体被温泉泡化。户外的温泉则是另一番感受，金色的阳光毫不吝啬地洒遍全身，瓦蓝的天空配上亮黄的建筑物，颜色的饱和度让人在晚上会做彩色的梦。泡在池里，身体是热的，凉风吹来，脑袋是清爽的。使我不由想起《长恨歌》中描写杨贵妃"温泉水滑洗凝脂"的诗句。不过，估计华清池的水温可能比较高，所以才会"侍儿扶起娇无力"。而在这37℃的水温泡上半小时丝毫不会有倦意。泡完澡后，晚上入睡通体滑爽，肌肤仿佛得到了重生。

　　泡完温泉，酒店的Shelly Bar (雪莱酒吧) 是最佳小憩的场所。这里的天花板上的壁画比套房内的更精致，描绘的是一群可爱的天使在云端偷窥人间的美景。酒吧的名称源自英国作家玛丽·雪

巴格尼-比萨宫殿酒店的室外温泉

巴格尼-比萨宫殿酒店的雪莱吧（照片由立鼎世集团提供）

莱，她曾在酒店下榻时创作了《Frankenstein》（《弗兰肯斯坦》）。

清晨，被公鸡叫醒。在享用了丰盛的带香槟和各式火腿的早餐后，我们要去消化一下。酒店依坡而建，专辟一条上山小径。沿着石子铺成的小路而上，整座山种满了托斯卡纳地区特有的橄榄树，蜡质的叶片在阳光的照耀下闪烁着银光。在这里行走，仿佛永远也不会知道什么叫悲伤，什么叫沮丧。空气中弥漫着红酒和巧克力的味道。行到一半，便可见比萨地区红色砖瓦顶的建筑物，一片又一片，在绿树掩映中。在远方，看到了，斜斜地矗立着，鹤立鸡群，那是闻名天下的斜塔。这是我第一次远眺斜塔，而不是如同众人一般在她脚下膜拜。

和我们一路同行的朋友一家在我们惬意地享受温泉之时选择去了一百多公里外的"The Mall""血拼"。据说国际一线品牌低至三折，结账时都排长队，店员不少讲普通话，购物者也近一半华人。她们购得很爽，搬回整整一个大拉杆箱的战利品。虽然我也想去，但一看到每每在店里试装，老父亲在店外站着干等时无奈的表情，我决定放弃"The Mall"之旅。比萨附近的这个温泉小镇，得心应手地把大自然之美、乡土感觉和优雅的生活、凝重的历史糅在一起，让我的决定义无反顾。

喔，我醉了，醉倒在这浓浓的托斯卡纳风情中，醉倒在这世间最美的天伦之乐中。

意大利神州旅行社二维码

# 美丽的代价

我的闺蜜和我同岁，可是看上去只有不到三十，比实际年龄小了十几岁。一头棕金色的长及腰线的卷发，凹凸有致妙曼的身材，吹弹可破的、丝毫没有皱纹的肌肤，活脱脱一个芭比娃娃的样子。

可是我一点儿都不羡慕她，因为我看到她付出的代价：长而浓密的头发每周要做两次护理，洗发必须去理发店由专人打理；

为了保持身材不走形，宁可不要孩子，每周两次教练指导运动塑形，不吃晚饭；每年好几万的胶原蛋白驱赶脸上的皱纹，长长的针头刺入，不打一点麻药；永远8公分以上的高跟鞋，袅娜之后必然是痛……

所以，当你看到街上走过的每一个漂亮女人，她也许是天生

圣彼特斯伯格酒店的芭蕾元素

丽质，但更多的是几倍于常人在这方面的付出，经济上的、精神上的、肉体上的。

美景也是如此。

塔林是一个国家？还是城市？在哪里？说实话，在没有踏上这块土地之前，这些问题我都答不上来。可是，去过之后，我的心便被这个波罗的海沿岸、爱沙尼亚共和国的首都所征服。我认定，她的美貌远远超过巴黎伦敦，欧洲众姐妹中，她最美。

我们下榻的两个酒店都位于塔林老城。老城被评为联合国教科文组织的文化遗产。鹅卵石铺就的蜿蜒小巷和两旁铜质的街灯、哥特式黑色尖顶、熙熙攘攘的跳蚤市场，如果没有卡布奇诺和无线网络，我以为穿越了。SCHLOSSLE酒店藏身于一栋保存完好的13世纪豪宅内，是爱沙尼亚第一家五星级酒店。浓郁的具有中世纪风格的门，被粉红色的绣球簇拥着。大堂仿佛建在一个岩洞中，斑驳的描有壁画的墙体故意露出墙砖，让时光倒流千年。整个酒店只有二十几套客房。我们入住的小套房面对着开满白色绣球和浅色海棠花的庭院，铁艺镶嵌马赛克的桌椅非常适合在风和日丽的天气用餐，可惜外面下着淅淅沥沥的小雨，红的砖瓦被洗得发亮，空气湿润而清新，治愈了我的鼻炎。

SCHLOSSLE酒店庭院花园

圣彼特斯伯格酒店大堂

　　早餐在设有大壁炉和远古枝型烛光吊灯的STENHUS餐厅，维多利亚时代的君主肖像被挂在墙上，整个餐厅被一种慵懒而温馨的古色古香的暖色调包围。虽然是盛夏，气温不超过20℃，让我越发热爱这种色调。冬天，几家人围着这大壁炉的熊熊炉火边拆圣诞礼物边讲鬼故事是何等令人向往，害怕了，孩子钻到妈妈怀里，情侣趁势一抱。据说，19号套房就发生过有鬼挪动家具的怪事，我猜，她是位年长的老奶奶，慈祥又善良。

　　雨后的明媚天来老城走一走吧。完整的城墙和岗楼紧紧地相互依偎在一起，让这座城市增添了童话气息。老城最大的特色就是围绕在它周边的城墙体系和塔楼。自1265年开始，鼎盛时建了46个塔，所有的塔楼都有自己的名字。巧合的是TALLINN的英文译名"塔林"很容易让人联想到塔楼之林。如今，历经近八百年，日月侵

蚀，炮火洗礼，以及最要命的现代化，1.9公里的城墙和20个防御塔楼仍然耸立在那里。

　　市政广场是古城的商业文化中心，每周三的跳蚤市场也在这里。家里的手工艺品，如编织的帽子围巾、毛衣披肩都可以拿出来。自制的各种水果罐头、面包，也是琳琅满目。还有波罗的海的特产，琥珀和蜜蜡，价格非常合适。转晕了，我要问路。一个推小车、身披中世纪斗篷的浅黄头发小伙儿在那里卖杏仁，就问他路。他的双眼露出狡黠的目光，"如果你尝一口我的杏仁，我就告诉你怎么走"。哪知吃了一粒还想吃，直到我们一人吃了一大袋，决定不吃晚饭了。原来蜂蜜杏仁是塔林的特产，这种推销方式太可爱了。

　　随便走进一条小街，喧闹的氛围一下子又宁静了下来，用手去触摸每一块斑驳的垣壁和长满青苔的瓦当，可以听到岁月的故事。

SCHLOSSLE酒店餐厅

SCHLOSSLE酒店大堂（照片由立鼎世集团提供）

　　第二家酒店在市政广场的另一头，步行不超过10分钟，可是酒店执意要派车送我们过去。没想到，这不到半公里的路程开车竟然走了20分钟。原来，老城内禁止机动车通行，要出城绕好大的圈子。

　　如果说SCHLOSSLE酒店尽最大可能地保留了中世纪的风格，那么同样是由15世纪的老房子改造的圣彼特斯伯格酒店还原的是俄罗斯商人的上流社交场合。因为这栋老房子很多年前就被俄罗斯人买下。无论是大堂、餐厅还是客房，大量采用紫红的天鹅绒和深浅不一的灰色、银色，营造出冷艳高傲的氛围。恶俗的水晶灯，经过大师设计，添加了后现代主义元素，时髦又华贵。芭蕾艺术是酒店装饰的灵魂。黑白的线条优美的摄影、雕刻作品，或大或小，结合丝绒帘子，我已分不清自己在台前还是幕后了。

　　最喜欢的是每一层楼梯旁的回旋厅。二楼摆放着一架斯诺克台。三楼是个小书房，甚至还找到了大富翁游戏，我们一家三口在入睡前小玩一把，也记不得有多久没有全家聚在一起玩游戏（真正的游戏而不是电子游戏）了。

　　塔林老城就是这样一个低调美丽神秘的地方。为此，她也付出了巨大的代价：遭受了火与战争的劫掠，多次重建装修，尽最大可能维持原貌与不变的风格；历经上千年，不张扬，将游客控制在一个合理的范围内，不过度开发旅游资源；保护环境，禁止机动车驶入，放弃有污染的重工业，宁可牺牲GDP……

　　如同最近这段日子北京的蓝天，大家都叫它"阅兵蓝"。原来，北京的天空是可以和欧洲媲美的，原来，北京的落日也是可以值得欣赏的，晒在朋友圈上的，竟然，北京还有无比绚烂的彩虹……只要工厂停工，机动车限行……这就是美丽的代价！

27

# 巧克力浇出的马特峰

　　瑞士是个小国家，没啥大资源。可是，瑞士有样男女老少都喜欢的好东西——巧克力。每次从瑞士回来，我的行李箱里都会塞满各种各样的巧克力。给孩子的是造型可爱的牛奶巧克力；给女人的是黑巧克力，是怕发胖又解馋的佳物；给老人的是白巧克力，入口即化；给自己的是果仁巧克力，那是最佳下午茶点。

　　掐指算来，在过去的两年中，我一共去过瑞士七次。这可能是人类文明与无污染环境和谐共存的世界上为数不多的国家之一。旅行途中，我会尽量避开瑞士的大城市，如日内瓦、苏黎世、卢加诺。首都伯尔尼是个例外，中世纪建筑使她有别于欧洲其他城市。而瑞士真正的美，在于她的小镇、小村，有着世界上保存

马特峰的日出

最好的童话世界……

　　我们伟大的祖国也有丰富的旅游资源，但欲达大美之处必先"苦其心志，劳其筋骨，饿其体肤"，风餐露宿、长途跋涉是免不了的。但是在瑞士，你可以优雅地穿着高跟鞋，登上三千多米的雪峰，享用美酒大餐，甚至能轻易地在云端找到一张舒服的床。做到以上这些事，只需要一张火车票而已。

　　不久前，第二次来到采马特。从Visp到采马特这段火车，窗外的绿草、森林、溪流，美得让我由于时差产生的倦意全无。采马特这个小镇没有汽车，如果自驾是无法进入小镇的。一下火车，Zermatterhof酒店的马车已在等候我们。迎客人员真是火眼金睛，一下子从人群中认出了我们，满面笑容地迎上来。不过几百米的距离，我们便来到酒店所在地、小镇的中心。酒店前有一片肥美的草坪，我们到来时，正值周六的下午。酒店门口有一位老先生和一位老太太，正在吹响声色沉闷而悠远的瑞士山区特有的足足有三四米长的阿尔卑斯长角号，让小朋友们欢喜雀跃，兴奋不已。我们订的这三间房，全部位于酒店那一幢楼的正中间，有着马特峰的无敌景观。站在镶着石蜡红的阳台，向小镇的路人挥一挥手，仿佛自己是英国女王，接受百姓的祝福。

苏内加湖

苏内加瞭望台

酒店的早餐厅可能是整个采马特最美的。无数的水晶灯，从高高的天花板上垂落下来，还有水晶壁灯，五光十色，在这样的餐厅中享用早餐，如果是衣着随便就有点对不起环境了，也对不起香槟和西班牙火腿。不巧的是周日正好下雨，窗前的马特峰时隐时现，雾气给小镇和群山蒙上一股仙气，与大晴天比是另一番景象。所以我们决定不上山，在酒店享用水疗。孩子们一会儿跳进泳池，一会儿又在热池嬉戏，如此多次，不知疲倦。偌大的水疗中心，只有我和朋友两家人。想必其他住客都上山了吧，我们不赶时间。

果然，经过一天一夜的烟雨，迎来了大晴天。上山有好几条线路，最受推崇的是坐上35分钟的火车，来到Gornergrat观景台（以下称G观景台）。上山的火车有着大块的玻璃窗户，窗外美景无一疏漏。如果要评选"世界十大最美景观列车之一"，它一定会入选，乘客不时发出的惊叹声便可证明。

G观景台就是一家山岳酒店，餐厅有好几个，设施非常齐全。一定要上午来，中午户外的餐桌最为抢手。这里的海拔不算很高，三千多米，若到了山顶反而只有白色一片，单调了些。在G景观台每每震撼我的，不是雪山，而是冰川。巨大的冰川在瑞士别处也可以看得到，但是这里有着舞蹈般优美曲线的冰川，以及丰富曲线所带来的美丽造型，令人陶醉。那冰川上黑色的貌似煤渣

Monte Rosa酒店（照片由立鼎世集团提供）

Zermatterhof酒店阳台

儿的是冰渍石，请别小看它们，几千年是它们的年龄。冰川延伸处连着积雪，雪中有一个极小极小的湖，其实是一个坑，那一汪水就和海蓝宝石一样。在这里，不得不把瑞士中部的少女峰与马特峰做一比较。马特峰硬朗、明快、独特，矗立在那儿，我觉得像一顶巫婆的帽子，顶端斜斜地往上翘着。而少女峰很软，连续起伏，可是似曾相识，过眼就忘。只能用一摊烂肉（请原谅找不出合适的形容词了）来描述。

如果G观景台给我的感觉是震撼，那么，苏内加瞭望台也许是离天堂最近的地方。在采马特乘坐登山电车，在黑黢黢的山洞中爬行。大约三分钟就可以到达。地下登山车建成于1980年。上车后沿着海拔差690米的陡峭斜坡隧道，一口气登上海拔2888米的苏内加天堂。这里有个小小的湖——莱湖，可以把马特峰的倒影统统收入。

有个儿童乐园，大大小小的孩子欢声一片。湖中有个小竹筏，拉着两岸的绳索，踩在竹筏上便可在湖面穿梭。几个意大利小孩，乐此不疲地往来穿梭七八次，硬是把湖中马特峰的倒影一次次撞碎。岸边几个金发女郎趴着看书、晒太阳。人与自然如此和谐，天堂不过如此。

两天后我们换到了Zermatterhof对面的Monte Rosa酒店。我在这里找到了家的感觉。没有豪华的大堂，一切布置都是瑞士古

Gornergrat观景台的冰川和湖泊

朴的田园风格。套房和标准房相通，正好可以共享巨大的客厅、原木家具、驯鹿花纹的枕头。床头柜的木质带铃铛的小牛下压着一张字条，原来是环保的标记，若你想换床单，请将小牛置于床上，多么充满童趣的构思。最妙的是两个大阳台，可以把马特峰拥入怀的阳台。

　　第二天早晨五点半，我和家人就穿着浴袍，守候在阳台，等待见证奇迹。两年前采马特之行，由于时差，早起的我意外目击了金色马特峰，今天，我要和家人一起分享。几分钟后，马特峰的顶端，也就是巫婆帽子的尖头变成了极其鲜艳亮丽的玫瑰金，就像被魔法棒击中，在灰白无力的群山中闪烁。慢慢地，玫瑰金

开始往下流，变成24K纯黄金。十几分钟后，马特峰的一半变成了金的，纯黄金继续往下流，不一会儿，整座马特峰变成了18K金的一座金山，而周围其他群山依然是黑白照片。可惜金山没有维持多久，就变成了Noble Gold，一种介于黄金与白金间的香槟色金。很快，太阳升得很高了，马特峰立即和其他群山一起，变成了银灿灿的了。整个过程不过四十分钟。

　　早餐时，正好来了一批日本团队客人，餐厅显得有些拥挤。Monte Rosa酒店和蔼可亲的年长服务员小声对我说，请我慢些用餐，团队很快就要离开，等他们离开后菜品会翻倍，并对由此带来的不便向我道歉。实在是很贴心的一番话，不由给予一笔慷慨

Monte Rosa酒店赠送的巧克力

Gornergrat观景台

的小费，不是显摆，而是对服务的肯定。

　　酒店的阳台让我在采马特度过最惬意时光。在躺椅上看来往的马车，看教堂的绿色尖顶。楼下有只巨大的黑狗，估计它的体重比我轻不到哪里。几次逗引它，让它从慵懒的打盹儿中醒来。旅途中泡在酒店里发呆其实是很奢侈的行为，但是，一家好酒店让这一切都变得值得。

　　最后，我们搬到了Mont Cervin酒店，这家堪称整个采马特地区最豪华的酒店，也是立鼎世的成员之一。与两年前入住时不同，客房已经全部进行了重新装修，引进全套最先进的卫浴设备，而大堂仍保留了瑞士古朴风格。老式的可以看见机箱运行的电梯顶上装饰有我最喜欢的羊群、草原、小木屋、牧羊童，随着电梯的起落，带来一道移动的景致，不由赞叹设计者的用心与精心。

　　回北京后，一件件地拆开酒店赠送的小礼物，大多是巧克力、饼干。可是当我拆到Mont Cervin酒店赠送的精致小盒时，不由大叫一声，只见小巧的九枚巧克力，一排白的，一排咖啡色的，一排黑的，全部是马特峰的造型！那么小，那么精致，那么惟妙惟肖，全部用巧克力浇成！这是我收到的最有意义的酒店礼物。这就是采马特，一个有着美丽风景却可以不费吹灰之力地欣赏到；美味巧克力，让你随时随地品尝到；美好记忆，永永远远不会磨灭掉的神奇地方。

# 林中仙

作为一名快乐阳光的射手座最讨厌的就是阴雨天，那是多愁善感的双鱼座的最爱。讨厌到什么程度呢，硬是放着好好的上海人不做，跑到北京发誓要当北方人，而且一待就是十几年，就只是因为受不了上海的潮湿。不巧的是，在今年夏天第八次来到瑞士避暑，却遇上了连绵不断的雨天。一下飞机，上了火车就开

始飘雨。也不知道穿过了多少个山洞，跨过多少个山涧，终于到达了AROSA(阿罗莎)，这是一个位于瑞士中西部的度假小镇。雨一点都没有要停的迹象，虽然没带雨具，可是酒店的豪华轿车早已等候在车站出口，帅气高大的礼宾部小伙子见到我们立即扑过来，两只手抓起我们的三个拉杆箱。正在口干舌燥之际，车上的

Tschuggen Grand酒店套房

矿泉水来得非常及时。

　　Tschuggen Grand酒店隐秘在半山腰，道路两边都是密不见日的深林。出乎我的意料，这座建于20世纪早期的酒店却是一派现代风格。尤其是山坡上那几片巨大的钢筋玻璃的猫耳朵状建筑物，不知是何方神仙所在。正在纳闷，我们已进入大堂。孩子在走廊里的一面镜子前驻足，哇，那面镜子居然是一头麋鹿的形状。"每一间房都在讲述自己的故事"，这是酒店宣传册上说的。因为这里的每一间房都不同，有自己的主题色彩。地板、天花板、床品、窗帘都是一个系列，搭配和谐，让人总想再次造访，体验不同风格。

　　我们住的小型套房有着大红色花纹的门，同样红色花纹的天花板，这样大胆的用色和设计实在少见。最让人惊艳的还是窗外的风景。启动隐蔽式窗帘，窗帘上的小鹿图案渐渐消失，取而代之的是无敌的山中美景。那蘑菇形状的小台灯，给我居住在树洞里的感觉。

　　拥有一扇能看得见风景的窗户真是惬意，尤其在这雨天不能外出登山的时候。壮丽而变幻无穷的画卷就在你的眼前展开。清晨，眼前是一片浓雾，使我想起了《乱世佳人》的最后一幕。不一会儿，雾被风吹开了，可是云层还是很厚。太阳借助云朵，

Tschuggen Grand酒店为客人定制的登山列车（照片由立鼎世集团提供）

Tschuggen Grand酒店套房

便玩起了躲猫猫的游戏来。于是，对面山坡上的那一片草地时明时暗。太阳没躲好的地方呈现出绿得发金，晃人眼的光晕。太阳藏身的云朵下面，阴处的墨绿也透出丝绒般的光泽，真是别样风情。可惜好景不长，很快就下起了淅淅沥沥的小雨。远处传来悦耳的铃铛声，不知是哪群奶牛在那儿吃草呢？那草的颜色被雨水滋润得仿佛涂了唇油的肥美双唇，让人忍不住要亲吻。

虽然窗户和阳台就是不断变化的秀场，可是待在房间里多少

有点落寞。别急，酒店占地五千平方米的水疗会所正是好去处。这座超现代风格的水疗会所是建筑大师马里奥博塔的大作。共有四层，依山而建，施工过程中除去了二万八千平方米的碎石砂粒。由一条玻璃通道，让我们完成从林中小屋到外星空间的切换。最高层是游泳池，大大小小、深深浅浅、水温各不相同的池子有好几个。无论是游泳池，还是高低不平的天花板，一律是不规则几何体的形状。抬头发现几片蓝天，原来我们就在那猫耳朵

Tschuggen Grand酒店水疗中心外景 (照片由立鼎世集团提供)

底下嬉戏。温泉的水温在接近人体的37℃，不似日本的温泉，泡十分钟就面红耳赤，这种温度是可以长时间地享受水中的欢愉。自动感应区域一旦靠近便会产生许多泡泡状的按摩水流或是瀑布水流。最妙的还是顺着室内温泉池游到室外池。虽然是七月天，可是山里的气温还在15℃上下。温泉产生阵阵热气和山中的雾气混在一起，仿佛来到瑶池仙境，估计七仙女在天上沐浴的地方不过如此吧！

真正得道成仙，那得会腾云驾雾才行。没错，在酒店里着实体验了一把成仙的感觉。酒店有为客人专门定制的登山列车，两分多钟，就可以以极快的速度将你送上高处。冬天，可以直接从山上滑下来；夏天，又是徒步的好去处。无须时刻表，随时出发，随时升空。有轨列车有两节车厢，共十二个座位，全部真皮缝制，弄得跟飞机头等舱似的。就座后只需一按电钮，便立刻在云雾中穿行，快活似神仙。

# 夏威夷的三场婚礼

第一次去夏威夷是十几年前，在纽约读书时回国转道，托美国西北航空的福，在美丽的毛伊岛上我生平第一次见到了彩虹。

这次想换换口味，直扑火奴鲁鲁，因为我们不再是两个人，而是多了一个可爱的宝贝，毛伊岛的浪漫与安静，可能已经不太适合。

对于海岛游，我的偏好是：机场—酒店—另一家酒店—再换家酒店—机场，绝不越酒店外雷池半步。可是我也受不了欧美人在一家酒店一待就是几周的习惯，因为早餐我会吃腻。所以，两天一换是我的选择。

本以为夏威夷和其他海岛没啥两样，不就是面对大海、碧空发呆、游泳、推油、睡午觉嘛。夏威夷酒店里的三场婚礼，让这场海岛之行变得不一般，每每想起，就像在炎热的夏天吃上一枚香草冰激凌，充满甜美的回忆。

夏威夷WAIKIKI的希尔顿度假村大得就像一个小镇。客房大楼有六七栋，商店食肆有近百家。千万别和友人在游泳池约会，因为泳池太多，很可能去的不是同一个。酒店里养着火烈鸟和仙鹤，人造潟湖可以泛舟。当我们的车缓慢地驶向大堂，一对新人在不远处向大家招手，仿佛在为我们这远到的客人接风。

婚礼，两个陌生人间最奇妙的仪式，女人一生最珍贵的记忆。

卡哈拉酒店的日本婚礼

Halekulani酒店的婚礼

十六年前，我和老公在上海的和平饭店和平厅举办了仪式。那天清晨，我从瑞金路的花市新进了两箱鲜花，下午，整个会场的插花、伴娘捧花、胸花都由我一个人完成，没有请婚庆公司，也没有婚庆公司。来宾到了，新郎没来，不是落跑，是下班途中堵车。新人出场，全场灯光俱灭，只打出一簇追光灯，以达到舞台效果。这是我的创意。那一天我是女主角，对我这样平庸的人来说，是一辈子最光鲜的一天。

在希尔顿度假村和女儿瞎逛，由于酒店在海滩上一个接一个，不知不觉逛到了隔壁的酒店。奇怪的是这里的物价异常便宜。

看当地民俗表演的价格，小超市的价签，都是希尔顿度假村的拦腰一半。正在诧异夏威夷的混乱定价，却在结账时被要求出示ID。奇怪呀，只买了两个冰激凌，不是两包烟。狐疑地掏出护照，收银员又重复了一篇"Military ID!"这下搞明白了，原来这是一家军人酒店，只有服过兵役的军人及其家属才能享用，国家有补贴，难怪啥都是半价了。美国要当好国际警察，对军人的待遇自然就高。

转而在夏威夷WAIKIKI的Halekulani酒店安睡了一晚，在阳台上享用早餐时，突然发现面海的花园里已经搭好了鲜花小亭，摆好了扎着蝴蝶结的白色凳子。又有一场婚礼即将开始！我们的阳台就

希尔顿酒店内

是最佳的观礼台。既然是夏威夷婚礼，自然就有当地特色。牧师和来宾颈绕花环，穿着大花衬衣的艺人弹起了夏威夷吉他。当新娘头戴白色铃兰，拖着长长的裙裾缓缓步入，使我不由想起酒店引以为傲的用120万块蓝色南非玻璃镶嵌出一朵硕大铃兰花的游泳池，熠熠生辉，光彩照人。

翻过钻石头 (Diamond Head) 山，离开熙熙攘攘的WAIKIKI海滩，和Halekulani酒店同属立鼎世集团 (THE LEADINGS HOTEL OF THE WORLD) 的卡哈拉酒店 (Kahala Hotels&Resort) 自林登·约翰逊后的历届美国总统都曾下榻于此，是火奴鲁鲁的远离尘嚣的安静所在，同时也欢迎小朋友 (一些私密的酒店是不接待儿童的，以免破坏浪漫氛围)。在酒店的潟湖与粉红的海豚游泳是一生一次的体验。我家的小朋友没有这个胆，但她说抱着酒店送的海豚布艺玩具睡觉也不错。

硕大明亮的客房里，老式古朴的木质风扇缓缓地转动，仿佛时光倒流到孩提时代。窗外是深浅不一的绿色和蓝色，有苹果绿、祖母绿、蔚蓝、紫蓝、深蓝、远处的墨蓝，融入天空，还有那海天之际的云，压在一起的是一幅幅泼墨的山水画，绽开了像是一只只小鸟。站在阳台上，钻石头山就在不远处，在阳光的照耀下，并没有发出起名者库克船长看到的整个山头显现蓝光，倒是披上了一层金色的外衣，同样美丽迷人。酒店的一个不规则泳池像一块块蓝宝石镶嵌在浓绿的丛林中。有一个小池子里养了不少龟类、禽类，小朋友在这里消磨了一个下午的时光。

奉行盛装旅行的我带着穿着白纱裙的女儿去吃早餐，半途被人截住，问是不是去参加婚礼的。呵呵，心花怒放，赶紧去凑热闹。海滩婚礼亭已被鲜花簇拥，连地上也用白百合围出一条花毯。新郎身着渐变色的日本和服，手持一把折扇。新娘的婚纱让我眼

Halekulani酒店早餐厅（照片由立鼎世集团提供）

卡哈拉酒店的泳池

前一亮，绣满珠片的纯白和服却拖着长长的西式礼服裙拖尾，短短的头纱半遮面，平添几分羞涩与神秘。两位新人的面庞实在英俊娇美，让我怀疑是否遇上了明星的婚礼。清爽的海风吹过，悠扬的音乐伴着夏威夷当地女郎的婀娜舞姿，二十几个来宾，没有敬烟敬酒，多么轻松惬意。面对大海的誓言，真的是海枯石烂。四位伴娘一般高，手捧粉色鲜花，一色的桃红色小礼服，乐呵呵地引导新人入场。短短的仪式只有二十来分钟，虽然我们听不见他们的话语，只有海浪扑打沙滩的声音，但我相信他们的爱情故事一定非常甜蜜，心中在为他们祝福，愿他们今后同舟共济，相伴走完人生历程。仪式接近尾声，新人离场，新娘脸上的矜持终于化为灿烂的笑容。与之相反，伴娘和来宾们却潸然泪下，如同告别亲密挚友，而在中国，倒是有父母为出嫁的女儿垂泪的，古话说，嫁出去的女儿泼出去的水（现在嫁女儿已经变成"招商银行"啦，时代变了）。听

日本朋友说，日本女人的少女时代是最美好的时代，不用为柴米油盐操心，不用为经济烦恼，可以尽情玩乐。可是少女时代美如诗也短如诗。一纸婚书使她成为少妇。日本的少女多半不工作，在家相夫教子。由于劳动力匮乏，所有的家务都由女主人亲自操持，还要伺候公婆。即使是比较富有的家庭，也没有请阿姨的习惯，而是保留了事必躬亲、吃苦耐劳的优良传统。日本妈妈勤俭持家，中午妈妈们聚会都不去饭店的，大家带着便当在公园碰面。怪不得，日本老婆的温柔贤惠举世闻名。希望这位新娘拥有的不仅仅是美貌，而是德才兼备，也希望新郎善待自己的眼前人。

夏威夷的三场婚礼构成我不平凡的海岛之旅，我希望，在马尔代夫、在毛里求斯、在巴厘、在普吉、在异域的海岛，看到中国人的婚礼，这也许比在北京、上海的五星级酒店席开几十上百桌更有意思。让我们中国人的婚礼，成为外国人度假的风景吧。

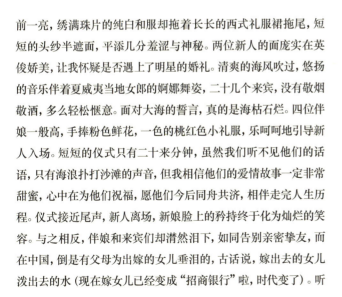

# 鸳梦重温

从北京到上海的旅程，也许最无聊不过。班机多得赛过长途汽车。频繁的送水送餐让人看不完一部电影。

春节前的这场京沪之旅却让我从一开始就惊喜不断。起飞后刚想打个盹儿，突然机长广播：气流、颠簸、系安全带……不对呀，怎么是温柔、美丽、海枯石烂，难道广播频道接错？不一会儿就有空姐推着装有蛋糕红酒的餐车向我这边走来。难道是国航商务舱新增加的服务？这时，我发现坐在和我隔一条走廊的女孩儿举止怪异。原来是男友在飞机上向她求婚！显然是贿赂了机组成员。坐了那么多次飞机，这种事儿还是第一次碰到，让我的旅行一下子有了腻腻的甜甜的感觉。

不由想起了十七年前我向老公求婚的那一幕。在一次约会上，我淡淡地对他说，公司最后一批福利分房，要结婚的才有。然后，他爽快地说，好哇，我们去领证吧！这恐怕是世界上最不浪漫的求婚了，也许只在那个时代才会有。

我是上海人，却因为移居北京十九年，早就不适应上海的天气，尤其是寒冷潮湿，没有市政供暖的冬天，只有孵酒店了。这次要入住的正是十六年前我们在上海举办结婚仪式的和平饭店。

中国的五星级酒店近年来增速迅猛，来势凶猛。2010年至2013年，平均每四天中国就有一家国际品牌酒店开业。可是在许多硬件神似、服务相近的酒店里，有哪儿家给你留下深刻印象？北京的柏悦、国贸三期和千禧酒店都在CBD区域，常常应邀参加活动，去了这么多次还常常把这三家弄混。我一直固执地认为真正的顶级酒店一定要有当地特色。在北京适合我挑剔审美的只有一家——安缦颐和。这也是已故钟表评论大师锺泳麟的最爱。锺大师在日记中写道："晚上回来，有人拿着宫灯迎路，回到清室的房间，自己感觉好像多认识了几个字，要回军机房应卯的样子……经理告诉我，他们后面有一道侧门，可以在夜晚打开进入颐和园……"上海倒也有几家可圈可点的：上海的半岛地理位置显耀，但是一进大堂，完完全全是香港半岛拷贝不走样。而华尔道夫毕竟没有一线江景，离外滩还有一定距离。

有一天翻"立鼎世"成员酒店的宣传目录，发现上海的和平饭店是它的成员酒店之一。没想到和"立鼎世"结缘于十六年前。于是和老公约定，今年春节要来和平饭店鸳梦重温。

抵达饭店时已华灯初上。外滩一如从前那样熙熙攘攘，灯红

我的结婚照

和平饭店套房内

酒绿。远远就望见酒店那标志的大绿帽子在灯光映衬下仿佛老奶奶的祖母绿，熟悉却又神秘。进入酒店使我意外，记得以前的大堂比较狭窄、局促，现在却高大，敞亮。黄昏的天光透过蒙尘许久的八角形玻璃天穹，洒下泛着贝母幽光，空气中带着修缮一新的味道，也混着挥之不去的老上海气息。这个穹顶是原来就有的，但几十年来一直用石膏板封存着，如今重见天日。八角穹顶下笼罩着一棵桃花树。满枝娇艳欲滴的花朵把春天送到你的眼前。硕大的与穹顶一脉相承的八角形古铜镂花吊灯，配上宽窄不一的装饰线条，带着欧式的气派与细腻，一下子让人走进了"了

不起的盖茨比"的场景。四幅巨大的银质浮雕讲述着时光的故事，描绘的是从前的外滩万国建筑群、街道上驶过老式吉普车和人力车、黄浦江风浪中独木舟漂摇。据悉，这些都是从上海档案馆中"还原"的实景。不过出于安全考虑，当年华丽的古董电梯如今已不再搭载客人，成为饭店从前那段繁华岁月的经典物证。这样的设计再次凸显了和平饭店特殊的地位与历史，诠释了她与现下各种新酒店之间的区别——很多东西，经过时间的发酵后更加厚重和醉人。大理石马赛克地砖虽然是新铺的，但是从设计上完全遵循了当时的风格。重新抛光的铜质扶手和轻盈栏杆，

和平厅——我当年举行结婚仪式的地方（照片由立鼎世集团提供）

和平饭店平台

没有因为年轮而黯然失色，反而旧貌换新颜。各种细节再现了20世纪30年代装饰艺术盛行的风格。历时三年的重装标准完全按照故宫博物院的规格，不仅砸下了大笔的银子，而且聘请到的多是世界级的高手，由国际酒店管理大鳄费尔蒙集团接管。原先的大堂依旧可以作为入口使用。还有一处位于外滩的入口是接待VIP的。上一个从这里走进来的是克林顿。

大刀阔斧改造的是酒店的客房区。除九国套房只是部分修复以外，其他的客房区为适合现代生活需要，重新布局，排设电线、管道。如今的客房区域，走道延续了公共区域的弧形拱顶，地上铺着米色和蓝色叶片相间的地毯，呈现出一派清新明快的欧式风格。改造后共有270间豪华客房与套房。"九国套房"是酒店的一大特色，印度套房、英国套房、中国套房和美国套房完全保留老和平的原貌，而法国套房、意大利套房、西班牙套房、日本套房和德国套房则在保留原有设计理念的基础上重新设计。和平饭店创建人维克多·沙逊先生曾居住过的饭店10楼，如今是总统套房。我们入住的是套房，推开厚重的大门，"玫瑰玫瑰我爱你"的歌声已经飘荡在耳畔。真想立即放下行李在宽敞的客厅里舞一曲。客厅的里面是卧室，推拉门可以完全打开，使视觉上更有空间感。那张巨大的富有弹性的床使我回想起在这里度过的新婚夜。让人难以忘记的是那时的床居然有点短，我伸伸脚尖就差不多顶到了头。你绝对猜不到新婚夜我俩在干啥。不是洞房花烛，而是在数钱，数宾客送来的礼金。我们不是富二代官二代，也不想借结婚宴请而大捞一笔，只想在人生最重要的时刻给自己留下一个可以骄傲一辈子的记忆。改造后的和平饭店不仅客房面积增大了，卫浴的面积也有了质的飞跃。我们的套房门口有一个客卫，卧室里有一个主卫，以及巨大的衣帽间化妆间。地毯上是缤纷的银杏叶花纹和茶杯上的一样。手工绘制有和平饭店图案的迎宾卡是我收到过最精致的，而且是中英文，一样一张。房间的空调出风口、热水汀口，都巧妙地用装饰艺术风格的铜质镂空板来覆盖，可见对细节的用心。打开窗户（通常酒店的窗户是密闭的，靠着中央新风系统总觉得有点压抑），黄浦江初春的清冽之气，夹杂着游人如织的市井之气扑面而来。看风景的人们成了我眼中的风景。忽而，海关大厦的著名大钟敲响东方红的旋律，是那样回肠荡气，让我倍感亲切。

这时，门外传来一阵锣鼓喧嚣。想起入住时前台告诉我们今晚在和平饭店有一场婚礼，立即拉上老公直奔八楼。典型的巴洛克式宫廷建筑风格的和平厅比十几年前更加活力四射。6.5米挑高的天花板，五百多平方米的面积让两百多个来宾都不显得拥挤。婚礼的主题是从巴黎到东京，两个身在异国的年轻人在这里开始的新生活。年代久远的枫木弹簧地板让舞狮子的队伍显得更high。灯火阑珊使人炫目，一时间，卓别林、克拉克盖博、马歇尔将军、斯诺、司徒雷登、钱学森夫妇的婚礼、汪辜会谈、徐匡迪会见基辛格……这些人物和历史事件，混杂在一起，在同一个回忆的维度内出现、共存，跨越时空的联想，意识流、记忆与现实一瞬间难以区分。还有1998年，我们的婚礼。我也是从这大厅的一头，由父亲相扶，走向老公的这一头。我们共同走过了十几年的风风雨雨，今天又回到了起点。

一觉睡到大中午，错过了为套房宾客特意安排的早餐。不过，在享有很高知名度的中餐馆龙凤厅享用午膳，让美食遇见美景，是一场豪华的视觉与味觉体验。龙凤厅依然是一派龙凤呈祥的华美景象，游龙戏凤浮于屋顶，铁杆窗棂，只是在原有的涂料上加色勾勒，原有的山水壁画因为修复难度太高，只能隐藏起来，足可见修复过程的谨慎保守。河虾仁、草头、腌笃鲜……阔别多年的上海人终于吃上了最正宗的上海菜。

客房的怀旧音乐虽好，共舞一曲跳舞还是没有气氛。不过不要紧，周六的下午，是一楼的茉莉酒廊茶舞的时间。在一次查阅史料的过程中，和平饭店的员工发现了当时沙逊茶舞的照片。照片上男士都穿着燕尾服，女士则长裙及地，和好莱坞电影中的一模一样。时尚的茶舞是上层人士交往的正式场合，深受名媛贵族的追捧，门票总是提前售罄。从海外远赴上海的宾客在乘坐邮轮从开普敦、马赛或旧金山等大港口城市出发前就预订好和平饭店茶舞的门票。到了饭店换好衣服就迫不及待地下楼跳舞了。饭店的经理由此得到启发，为什么我们不还原当时的辉煌时代，重现茶舞的盛景呢？于是就有了现在每周六下午两点开始的社交茶舞会。地点就是在当年茶舞的老地方，现在的茉莉酒廊。酒廊前的空地上专门铺上了跳舞的地板。乐队则在二楼的夹层露台上现场表演。茶舞最讲究的就是氛围，不能像舞厅那么吵，格调要高雅，不跳舞，看别人跳，喝喝茶也是一件赏心悦目的事情。在舞者中有一对白发苍苍的老人格外引人注目，两位老人身姿十分轻盈，舞步也娴熟而优雅。老先生今年七十多岁，头发整齐地向后梳着，穿着长袖的格纹衬衫搭配浅色的西裤，西裤上还配着皮质的背带。他告诉我，脚上这双白皮鞋是他专门的舞鞋。和他携手而来的是太太。退休后老两口就把跳交谊舞作为修身养性的方式之一。这里的茶舞环境是上海滩最好的。

酒店的老员工还告诉了我一个传奇故事。不久前，和平饭店总经理迎接了来自德国的Betty Grebenschikoff女士。1948年，她在和平饭店门外的台阶上与丈夫一见钟情，两个星期后两人步入婚姻殿堂并相守一生。2000年他们回到上海，在和平饭店茉莉酒廊跳起探戈，纪念结婚52周年。此次，近90岁的Betty再次重返和平饭店，虽然，她的先生已经去世，他们的爱情故事一直激励她顽强而快乐地活着。

1929年，当时富甲一方的犹太商人爱利斯·维克多·沙逊出资建造了这座高77米、共12层的芝加哥学派哥特式建筑。他也许没有想到，和平饭店成了上海外滩的标志，见证了时代的变迁，嵌入城市的历史。对我来说，它更是我心中的一抹馨香。多年以后，我们会在这里举办银婚、金婚仪式。我会让我的子孙传承这世间最美的东西——爱。

# 当一回农夫，做一次皇上

泰国去过很多回了，第一次去是二十几年前。许多中国人将自己迈出国门的第一步献给了泰国，我也是这样。眼看暑假就要结束，想找一个没有时差，又没有去过的地方。第一方案是釜山，但是走不出许多年前国航坠机的阴影。第二方案是名古屋，可王寂说那地方实在太无趣，去日本就得去北海道、大东京圈这一带。绕来绕去，回到了最熟悉的泰国，清迈是我一直向往的地方，原因不是邓丽君，而是四季与文华东方这两家大名鼎鼎、风格迥异的酒店。

来四季，是来当农夫的。整个酒店隐藏在一片浓郁的热带雨林中。一幢幢两层高的别墅，没有泰国式鲜艳的红色、两头翘的尖顶，而是深灰色朴素的瓦顶，那么不起眼，心甘情愿地让树林做主角，自己退居二线。

我们订的Lana Villa兰亭位于别墅的二层。踩着木质楼梯，居然有着吱呀作响的错觉。房间有着漂亮的锥形天花板，柚木地板散发着光亮和自然的气息。起居室在户外，通过走廊来到带着尖尖顶的凉亭。一张慵懒的贵妃榻，几把舒适的椅子、餐桌，还有几盏泰式落地台灯，布置和普通的起居室没啥两样，只不过伸手就能摘到一串串不知名的黄色小花，鸟儿也常常来做客。桌子上的水缸里，盛满了花瓣，密密麻麻，把水都遮住了。这样的水缸在酒店到处都有，但各种花瓣摆出的图案竟然不带重样。坐在这绿树环抱的小凉亭，阅读是最能让我心平气和、回归自然的。

当农夫的第一项任务是喂鱼。和孩子们抱着一个巨大的竹篮，装满了早餐剩下的面包，来到水稻田边的鱼塘。鱼塘里养的可不是"花港观鱼"的红鲤鱼，而是鳊鱼，灰色的，身体扁扁的，菜市里最常见的。那些鱼一看食物来了，争先恐后，几乎要

文华东方酒店的游泳池

翻出池塘。由于鱼的颜色和水的颜色差不多，远远看去，池中像是起了波涛万丈。

喂鱼不是重活，也无技术可言，下一项任务就需要点技巧了。酒店中养了两头水牛。九岁大的是粉红色的，Tong；十一岁的是黑色的。而我们的任务是当一回放牛娃，骑牛。想象着自己骑着水牛，在水稻田间悠闲地散步，还要斜风细雨把家回，多么富有诗意。可是我那富有诗意的梦想很快被现实击碎了。那两头水牛，身上散发出的味道让我们退避三尺，不敢靠近。的确，这可不是宠物，天天洗得香喷喷的，而是用来耕作的劳力呀。我

们这些城里人，别说放牛、骑牛，连接近一头牛都难，真是太娇气了。

最后一项任务是种水稻。每周二至周六的上午，酒店都会接受有意向的住客去美丽的稻田体验一把插秧的滋味。我们换上酒店定制的蓝色农夫服，头戴竹笠，非常有模有样。一株水稻，从种植到收割，大约需要120天的时间。酒店种植的水稻和池里养的鳊鱼，收获后都将捐给当地学校和寺院。一想到我们的劳动可能会对社区做出一点点微薄的贡献就分外自豪。先看农民是怎样插秧的。只见他们一个个弯着腰，卷着裤腿站在刚能淹没小

四季酒店兰亭别墅凉亭

四季酒店水稻间的游泳池

腿肚的水田里。拿起抛入水田的小捆秧苗，解开，放入左手。每个人左手拿着一把秧苗，右手迅速地插，在右手插的同时，左手拇指同时极快地从一把秧苗中分出一小撮，然后用右手插入水田里，一边插一边往后退。看似简单的动作，其实有大学问，做起来很难。我只插了几株，就踩出了一大串脚印。难看不用说，脚印越多，踩出的泥坑也越多，而如果一株秧苗正好插在泥坑里，就有可能在水的浮力下漂到水面，无土而死。虽然插得很不好，而且非常累，但是，真正体验了一把"谁知盘中餐，粒粒皆辛苦"。晚上在酒店用餐时，餐桌上插着一株成熟的稻穗作为装饰，竟然觉得它朴实无华，特别亲切，胜过任何鲜花。

当农夫太不容易了，我们要去文华东方酒店做一次皇上。事先，我已翻阅了酒店无数美图，可是，进入酒店还是被震撼了。

我和家人及身边的其他住客一样，纷纷举起单反、卡片机、智能手机，大家谁也不说话，而是迫不及待地要将这美景摄入相机，摄入眼中，印在心里。酒店以具有浓郁的泰式皇家风格的建筑群为主，颜色只有黑（暗红）、白、金三种，更显皇家恢宏气概。白色在最下面，雕栏玉砌，扶手走廊；黑色在中间，结构极其烦琐，大量的木雕、镂空；金色在顶端，如同给建筑戴上了皇冠，立即显得身价非凡，流金溢彩。

THE DHEVA SPA水疗中心由一组建筑群构成，若没有专人带领，恐怕要迷路，因为门一道又一道，亭一间又一间，层层叠叠，深不可测。熏香、茗茶、小点、三角靠枕，让人穿越时光，自己俨然是泰国古代的大家闺秀。按摩菜单中居然有专门针对儿童的。有这样的服务，再也不需要让孩子一个人在前台玩电脑游戏

文华东方酒店内

了，心中的罪恶感一下荡然无存。服务人员带着我们穿越几座门，来到一间独立的楼阁。室内灯光幽暗，配上叮咚作响的泰国古典音乐，竟然放下全部心中所想，昏昏欲睡。我和孩子躺在两张巨大的按摩床上，眼睛用香熏过的冰凉的眼罩盖好，将自己的皮肉筋骨，统统交给技师，深度放松……也不知过了多久，按摩终了。技师已为我们备好热力按摩池。室内灯光俱灭，只剩下水池底部幽幽的蓝光。微冻的姜茶、精巧的点心，已摆放在水池边，还有一朵美丽的铃兰花，我把它插上了女儿的发髻。

做完精油按摩，电瓶车已等候在水疗中心，把我们接到酒店的泰式餐厅。文华东方和四季酒店一样，占地巨大，所以往来酒店内部各个场所，都以电瓶车代步。泰式餐厅门口有一水榭，"种"着的是镀金的荷花。餐厅的色调以紫色和金色为主。紫色的帐幔、

桌旗，金色的佛像随处可见。我们点了虎尾虾、软壳蟹和三文鱼。蔬菜是芦笋炒草菇。虎尾虾上来一大盘，每只都有手掌那么大，配上泰式的酸甜汁和炸蒜片，非常开胃。这些菜不仅中吃而且中看，颜色鲜艳，点缀着南瓜和胡萝卜雕花。米饭也戴着新鲜粽叶做成的高高的锥形的"帽子"，一股清香扑面而来……

在清迈做了一回农夫，当了一次皇上后，使我对友好邻邦泰国除曼谷、普吉、苏梅、华欣之外又有了新的认识。最让我感动的，是四季和文华东方酒店服务人员真挚的微笑。那是一种发自内心的微笑。不仅对客人，而且工作人员之间远远望见，也会微笑着打招呼，无论认识与否，无论你是农夫还是皇上，微笑在这里是一种习惯。

芸芸众生之间，一个微笑，足矣。"萨瓦迪卡，清迈！"

# 与卓别林为邻

瑞士的沃维是个小镇，小到在地图上看不见。与邻近的洛桑只有十几分钟车程。要说它有名的地方就是卓别林铜像和西庸城堡。国内的旅行团也就花两个小时拉你过来，看一眼，再上个洗手间就立马走人，这还是深度游。

1952年，卓别林和家人到伦敦促销一部新影片，由美国议员麦卡锡领导的"反共委员会"借机取消了卓别林一家的返美签证，禁止其全家返回美国，迫使卓别林一家选择了瑞士作为栖身之地。卓别林在沃维附近的凯希耶村安顿下来。卓别林一生结婚4次，育有10个孩子，其中4个孩子就是在此出生。最小的儿子克利斯朵夫出生时，卓别林已经73岁。卓别林自传也是在凯希耶村

卓别林的铜像就在DES TROIS COURONNS酒店的楼下

完成的。他曾有一段文字描述在沃维度过的时光：我的目光停留在绿色的草地和远处的湖面上。湖面倒映着山影，我独自静处，心绪安详地享受着这份宁静与祥和。1977年的圣诞节，卓别林在熟睡中悄然离世。1989年4月16日，沃维市政府为纪念卓别林诞辰100周年，在美丽的沃维湖畔矗立起一座卓别林全身铜像。

我的旅行是慢节奏，往往会在酒店里一窝，待上几天，至多在酒店方圆半公里的地方散散步。不，这不叫旅行而是度假。瑞士是我每年要来上一两次的地方，尤其喜欢依山傍水的小镇。中国当代油画大师赵无极也是在瑞士沃维的小镇安度晚年。选择沃维，既不仰赖

西庸城堡的名气，也对卓别林铜像没啥兴趣，倒是紧挨着莱蒙湖的DES TROIS COURONNS酒店让我一见倾心，酒店才是我的目的地。

酒店依坡而建，正门并不临湖而开，为的是把最美的景色留给餐厅和水疗中心。她是在一百五十多年前的古老城堡基础上兴建的。法国作曲家夏尔·古诺在下榻酒店期间，完成了浮士德歌剧的大部分创作。但这都不足以让我心跳加速。

然而，当前台小姐推开白色优雅的客房门时，我们惊呆了。由于我是立鼎世集团的成员，酒店将我们订的两间连通的标准房升级为连通的套房和标准房。套房的客厅足足有四十多平方米，

DES TROIS COURONNS 酒店的入口处

DES TROIS COURONNS 酒店的早餐厅

巨大的落地窗，窗外都有阳台，阳台上摆着清新的白圆桌和椅子。套房有单独的衣帽间，两个洗手间，再加上连通的标准房，一共三个洗手间。最喜欢这一百多年老房子超过4.5米的层高，装饰风格也是我心仪的新古典主义。那巨大厚重的带刺绣的紫色窗帘，与天鹅绒的沙发是一个色系，使我不由想起《乱世佳人》中思嘉丽生活窘迫时扯窗帘做裙子的场景。

由于有些时差，第二天，我们早早地就来到早餐厅用餐。空气非常清新，小鸟和蜜蜂围着我们户外的餐桌转。且不提选择丰富的食品饮料，单是餐厅平台的风景，就足以让人完全忘记吃了什么。到处盛开着白色矮牵牛，花儿茂盛得看不到叶子。一汪碧

绿的湖水，就在眼前，与远处阿尔卑斯山的永恒背景遥相呼应，那么的宁静安详。

8月中的瑞士天气炎热异常，达到了30℃以上，我们中国人习以为常的温度挑战着欧洲人的极限。我们一家三口扎进了酒店的游泳池，这也是当地最大的水疗中心（水疗中心在欧洲的定义是包含泳池、按摩池、美体按摩、干湿蒸等其中几项的综合）。在泳池里，女儿找到了一个玩伴。这个六岁的小家伙不断地从岸边跳入水池，又爬出来再跳，入水的姿势各不相同，激起片片水花和无邪的笑声，可惜浙江卫视"中国星跳跃"的编导没有在场。小姑娘是法国人，全家开车来酒店度周末。她的父母正在水疗中

沃维小镇

心的户外平台上晒太阳，这恐怕是欧洲人最惬意的慢生活方式之一了。

下午茶时分，餐厅里响起悠扬的竖琴声。在我的脑海中，立刻浮现出希腊神话故事中长长卷发的美艳海妖，以琴声和美色引诱海上的水手。可是我猜错了，演奏者是位帅小伙，视觉效果立即大打折扣。

黄昏是漫步湖畔的最佳时刻，白天的暑热已经消散。湖畔慢跑的人不少。忽然看见一位年轻小姐，推着一辆巨大的婴儿车，车里齐刷刷坐了六个不到一岁的孩子，正在纳闷瑞士人的多产，又是一辆同样的婴儿车紧随其后，原来是幼儿园的保育员。酒店的隔壁是阿里门塔乌姆食品博物馆，一把巨大的立在水中的叉子是它的象征。湖边的岩石上摆着几把椅子，有的人就坐在椅子上面对湖水发呆好几个小时。突然，女儿大喊一声：卓别林！顺着她手指的方向，有片小小的红玫瑰园，中间竖立着这位大师的铜像。他头戴圆毡帽，足蹬硕长的破皮鞋，右手挂拐杖，左手持一朵玫瑰花在胸前，眺望远方，似乎正在专注地表演。每个来此瞻仰的人都喜欢与"他"合影，或为这位一生坎坷，却将欢乐带给他人的艺术大师献上一束鲜花。

原来这受人膜拜的圣地居然离我们的酒店只有几十米远。一不留神，与卓别林当了回邻居。

# 全年无休的博物馆

去年圣诞的那次度假，在日内瓦机场一下飞机，我穿着白色的貂皮大衣，被一个盗窃团伙盯上，瞬间钱包没了，让我对瑞士的热情一下子降到了冰点。老公在一旁不断唠叨，数落我不该穿得太扎眼。可是，从日内瓦到尼斯的飞机上，乘客的衣着明显光鲜亮丽起来。穿裘皮大衣的、提LV大行李箱的，比比皆是，足以昭示着人们，尼斯可是欧洲数一数二的富人度假区。坐头等席的，有一位五十多岁的贵妇，手拎爱马仕Birkin 40咖啡色鸵鸟皮包，身披咖啡色水貂皮大衣，最引人注目的是，腿上裹着兽纹丝袜。调皮的女儿给她起了一个外号：鳄鱼腿。有鳄鱼腿作陪，顿时让我盛装旅行的

心又重新膨胀起来。

到达尼斯的时候是晚上，海上黑黢黢一片，什么也看不到。直到进入金碧辉煌的内格雷斯科酒店 (Le Negresco-The Leading Hotels of the World成员酒店)，顿时觉得自己像爱丽丝掉进了兔子洞。那门童精致的大红配宝石蓝还带小斗篷的制服可以和米开朗琪罗设计的梵蒂冈美术馆门卫制服媲美。

我们顾不上登记入住，就像着了魔似的走进前台旁边的凡尔赛多功能厅，这里完全按照法国宫廷原貌设计，四周是红色的墙壁与金色的装饰，无不彰显着奢华与高贵的皇家气质。那巨大的

内格雷斯科酒店多功能厅（照片由立鼎世集团提供）

路易十四油画，是里戈 (Hyacinthe Rigaud) 所作，目前世界上仅存三幅，另两幅收藏在卢浮宫和凡尔赛宫。只见路易十四脚蹬带有红色蝴蝶结和红色后跟的高跟鞋，仿佛在向世人昭示：自己不仅是一国君主，而且更是时尚的鼻祖。一个重达10吨的壁炉，来自多敦涅河谷区的城堡，就静静守候在一旁，无语地看着我们兴奋地上蹿下跳。

前台再往里是皇家多功能厅，在我看来更像灰姑娘偶遇王子的皇家舞池。高高的彩绘水晶玻璃的圆拱形天花板上，垂吊下一盏由16800颗水晶制成的19世纪巴卡拉大吊灯。虽然许多酒店声称

拥有世界一流的艺术藏品，但内格雷斯科才是名副其实。莫雷蒂和达利以及女雕塑家尼基·德·圣弗利的作品与罕见的古董和历史画相映生辉，如此珍贵华丽的内饰令人惊叹不已。

酒店给我们制造的惊喜随着我们的入住才刚刚开始。通往客房的电梯有着浓烈大红色的门，门把手是一把巨大的金钥匙，仿佛这是通往宝藏之门。它的确是。酒店的每一层都有截然不同的装饰风格，即使是走道里的陈设也没有丝毫马虎。我们的这层是拿破仑时代。墙上挂着两幅拿破仑最著名的油画。一张暧昧的贵妃榻，不知道拿破仑的情妇有没有躺过。橱窗里还陈列着那个

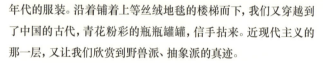

内格雷斯科酒店电梯的门

内格雷斯科酒店凡尔赛多功能厅

年代的服装。沿着铺着上等丝绒地毯的楼梯而下，我们又穿越到了中国的古代，青花粉彩的瓶瓶罐罐，信手拈来。近现代主义的那一层，又让我们欣赏到野兽派、抽象派的真迹。

酒店里拥有96个标准间和21个套房，房间的装饰灵感源自法国艺术最辉煌的时期，居然没有一个相同的房间。512的Pompadour套房是路易十五最宠爱夫人的最爱，415-16的帝国套房是伊丽莎白·泰勒和索菲亚·罗兰的至爱，至于122的Montserrat Caballe套房，阿兰·德隆、迈克尔·杰克逊等也都是她的房客。

说到这里，不得不提酒店的主人。1957年，内格雷斯科酒店被出售给奥吉尔家族，从那时起，女主人珍妮·奥吉尔（Jeanne Augier）就开始巨资从世界各地收购各种名贵的艺术品和古董家具来装点酒店，经过半个多世纪的累积，这里已经活脱成为一座巨大的艺术宫殿。2003年，酒店被法国政府列为国家级的历史

建筑。慷慨的奥吉尔夫人不但把自己全部的财产捐赠成立了基金会，同时也对普通游客敞开大门，任何人都可以走进酒店来欣赏这些名贵的艺术珍品。其中还有一组她的肖像画呢。画中的老太太并不是很美丽，也说不上慈祥，但却是那么真实，真实到我一扭头，居然看到她从我面前闪过，就像从画中走了出来。那几幅画太写实了，没有任何美化和夸张。我正在怀疑自己有没有看错，旁边的工作人员轻声告诉我，我没有看错，老人家真的就住在酒店的顶层套房内。

在La Rotonde餐厅的自助早餐是女儿毕生难忘的。不是因为她的食物有多么美妙，而是她的环境实在太美妙。整个圆形的餐厅分两层，中间挑空，是一个不折不扣的小转马，游乐场的小转马。当我们入座后，座位后面的小木马就缓缓升起又降落。每隔一段时间，拉手风琴的人偶姑娘会演奏悠扬的音乐。在这里，无

内格雷斯科酒店小转马餐厅（照片由立鼎世集团提供）

内格雷斯科酒店套房（照片由立鼎世集团提供）

论是大人还是小孩，都会有一种童年的美梦成真的感觉。

这还没有完，酒店的每一个角落都摆着形形色色不同时代、不同风格的艺术品。有中规中矩的，有奇模怪样的，在女主人奥吉尔夫人的安排下，却是那么协调。小花园里身材婀娜的美人鱼，仿佛随时会跳入不远处的大海。一位身着鲜艳长裙的张大嘴唱歌的姑娘，那一本正经的表情让人忍俊不禁。

两天的时间很快过去了。我们还没看够，还没玩够。订好的司机已在门口等我们，女儿突然说要去洗手间。在服务员的再三确认下，我们才半信半疑地来到洗手间，这可能是全世界最新奇的洗手间。门上没有字，取而代之的是一个头戴红色小礼帽，金发长睫毛的真人大小的女孩从门里探出头来，她的手里还抱着一只小鼓。头，手，鼓都是从门里穿越出来的！洗手间里铺满粉红色浪漫小花的壁布，蕾丝的帐幔层层叠叠，感觉是进了公主的闺房。耐不

住好奇心向男洗手间张望，门口是个红衣的士兵，洗手的水槽居然隐藏在一辆小推车里。让我看到，奥吉尔夫人年迈的外表下藏着的不仅是文化艺术的尊崇与骄傲，更有一颗不老而顽皮的心。可是我们都没有带相机，又不好意思让司机久等，只能用手机匆匆地拍了两张照片，带着淡淡的遗憾离开，因为我相信，在这座包罗万象的博物馆里，还有更多的我们没有发现的惊喜。

朋友几天前从上海过来看我，提及有很多年没有去故宫博物院了。那天是星期一，原则上全世界的博物馆都闭馆。查了故宫网站，没有闭馆的通知，心中一阵窃喜：到底是中国的世界级博物馆！下午一点兴冲冲赶到，门口人山人海，被告知上午十一点就关门了。

扫兴！无奈！我想再回到奥吉尔夫人构筑的奇妙乐园，这座终年无休的博物馆。

# 湖光墅影

年轻的时候喜欢海。惊叹它无边无际，波涛汹涌，潮起潮落，激情万丈。可是它太强大了，在它面前，人类如同蚁类，可以瞬间被它吞噬——如果它发脾气的话。所以，爱它，同时也敬畏它。

而湖就不一样了。如果说海是一个强悍的男人，那么湖就是一个柔美的女人。她不惊不乍，静静地，将周遭的山川、天空，全部拥纳入怀。那滑如丝绸般的水可以抚平心中的任何伤痕。

意大利的科莫湖，不很大，但很深。群山围绕，绿树掩映，似乎看不到什么高楼。但是，在科莫湖周围，分布着大量villa别墅。这些别墅有着深宅大院，站在门口往往难以一睹其芳容。有人曾说过，拥有一扇能看见科莫湖的窗户是最幸运的事情。湖光山色

意大利的科莫湖和别墅交相辉映（照片由立鼎世集团提供）

之美好像只有在电影里才有。事实上，包括《星球大战Ⅱ》在内的许多影片就是在科莫湖拍摄外景的。从19世纪开始，司汤达、雪莱和华兹华斯都不吝以最美的诗句和言辞来描述科莫湖。李斯特和威尔第在湖边作曲；丘吉尔在湖边作画。而今，这里几乎成了好莱坞巨星乔治·克鲁尼的第二故乡。近几年他先后在科莫湖边购买了两幢别墅。

众多别墅中，最为有名，最让意大利人骄傲的是Villa d'Este。1568年由加里奥主教修建，1815年它落到德国公主卡洛琳手中。公主花费5年时间扩建别墅，新加了一个图书馆、一个剧院以及山坡上的巨大花园。如今，它成为立鼎世集团旗下最豪华的酒店之一，住客即使是预订最便宜的房间，每晚也要支付二千美元以上。

非常不巧的是，今年夏天，我们来科莫时，Villa d'Este酒店已经满房。于是，我和朋友约在酒店的Veranda餐厅共进午餐。

酒店根本不能叫Villa别墅，在我看来，是个巨大的庄园，或者说是公园，占地达25英亩。从大门进来，右手就是湖，湖边古树参天，到处鲜花盛开。绣球、矮牵牛，一簇簇的花朵儿，挤挤挨挨的，绿叶都那么一致，灌木被修剪成各种形状，不由赞叹欧洲人对园艺的喜爱与天赋。湖边漫步约百米，才能

Villa d'Este酒店花园

Villa d'Este酒店花园中历尽沧桑的石雕

看到建筑物，也就是酒店大堂。大堂紧挨着宴会厅，丝绸的壁布，随意摆放的古董，华丽得和皇宫没啥两样。Veranda餐厅再要靠里一点。餐厅分为室内、室外和玻璃房。老外都偏爱户外，面对湖景，享受阳光。我和朋友怕晒，选择了玻璃房。室外的座位全部客满了。玻璃房里还有一桌，是中国香港人。看来是老道的吃客，谈吐不时有"Romanee Conti""Lobster"的字样飘到我的耳边。

我的朋友对西方美食很有研究。她要了龙虾作为前菜。她告诉我，这是一种蓝色的龙虾，肉质甘甜、紧实。为我点的是西班牙长脚虾。那长脚虾用沸水微焯过前先用盐腌了一下，虾还没有断生，肉还有点透明，非常弹牙。主菜是金枪鱼配菠菜，做得中规中矩。倒是我女儿点的米兰式炸小牛排（Veal），看似普通，味道却

不俗。很大很薄的一张，采用的是极嫩的小牛肉。这种年纪不满四个月的小牛，吃的是牛妈妈的奶，所以肉的颜色是白的，很像猪肉，而不是红色的。据说牛长大后吃了草，肉的颜色就变成平日常见的红色了。女儿惊呼这是她这辈子吃过的最好吃的牛排，原材料好，用油也好，所以有惊艳。既然来到意大利，就该喝意大利的酒，与我们点的海鲜相配的是GAVI，是皮埃蒙特法定产区一级酒庄的一款白葡萄酒，酒体清爽，有着西番莲和柠檬的香味。盛酒的水晶杯，密密麻麻地雕刻着图案，精细地镶着蕾丝花边。

坐在Veranda餐厅，可以望见德国卡洛琳公主修建在山坡上的巨大花园。这里的古树有五百岁的年纪，是我见过的最年长的活物，科莫的湖水和灵气可能是它们长寿的秘密。两面用16世纪

Villa d'Este酒店的游泳池

美丽的科莫湖畔

马赛克镶成的弧线形城墙有着极尽华丽而复杂的图案,让人叹为观止。中间洞开,拾级而上,有一处精巧的小喷泉。绕过喷泉,左右两边还是耸立着马赛克的墙。再往上,是一段长长的两边种满丝柏的林荫缓坡。这段坡道大约有百米长,走到尽头,是一座小凉亭,亭中供奉着不知哪位英雄的白色大理石雕像。正在微汗之时,不经意一回头,科莫湖就在眼前!登高望湖,和在湖边徜徉,视角不同,感觉也不同。高处望见的科莫湖,如同一块绿玛瑙,晶莹透亮,每每回忆起,心中的烦恼即刻化为乌有。湖,就是有这样神奇的力量。

湖边的泳池也是一绝。那泳池就是一只巨大的盛满清水的碗,漂浮在科莫湖上。在池中游泳,真以为自己在科莫湖中畅漾

呢。泳池边上泊了不少游艇,突然,空中隆隆作响,是一架水上飞机驶过。非常遗憾的是这次没能入住Villa d'Este酒店。据说这里的每一间房在装饰和大小上都不尽相同。其中拿破仑套房是当时的主人专门为拿破仑预留的,可惜他最终没能赴约,倒是接待了温莎公爵夫妇。

在科莫,在Villa d'Este,相逢竟是别有滋味。呼吸着历史的气息,走上当初只有皇公贵族才能踩踏的地板,身处发生许多故事的现场,都让我浮想联翩,感受万般。湖是自然风光,墅是人工巧构。墅沉浸在多少个世纪形成的绿色苍茫之中,湖又因为有墅的倒影而非同一般,这种甜美的宁静是海不能给予的,让我期待着下一次的重逢。

# 新派阿里郎

朋友从韩国度假回来，给我捎来一件礼物。印着梅花图案的袋子里装着一只小盒。盒子用同样印着梅花的封套束着。轻轻挪开封套，打开盒子，是一只小巧的瓷盒，盒顶端一侧更是有朵梅花绽放在那儿，仿佛它的根就扎在盒子里。轻轻转动梅花，一曲委婉凄美的《阿里郎》便流了出来。我突然泪如雨下，想起了几十年前奶奶过世前，我给她买的八音盒。远远不如这只精巧，但却是我从商店里觅到最好的一只了。不知她在病榻边听过几次，不知她在天上过得可好。

关于阿里郎的故事，有两个版本。一说是一对恩爱小夫妻，生活清苦。丈夫想让妻子过好日子，想外出打工挣钱，但妻子不让，觉得只要两人相守就满足（多好的姑娘，现代社会里实在不多见）。丈夫执意打工挣钱回来却对妻子起了疑心，以为妻子变心，又要走，妻子边唱《阿里郎》边在后面追。另一版本说是被拉去重修景福宫的民夫们思念母亲之歌谣。《阿里郎》是朝鲜民族极具代表性的经典曲牌。在日本统治时期，朝鲜人以阿里郎为号发动起义，日本人发现了，谁唱阿里郎就杀头。可是杀了一个十人唱，杀了十个百人唱，越唱越多，日本人只好作罢。

友人的这件礼物，唤起我要去韩国的强烈欲望，我想认识一下这个倔强的民族，那优美的民谣，还有那一片梅花……

首尔的新罗酒店是几个月前才做完的翻新，虽然它已经有三十几年的历史了。出租车司机骄傲地向我们指了指山坡上的那幢形似Chocolate Bar的咖啡色长条状建筑，是呀，位于市中

首尔The Shilla新罗酒店迎宾馆

心，却与占地23英亩的南山公园相接，那环境与位置，确实值得称道。一入酒店大堂，我顿时被震住了。只见高大敞亮的空间，一袭水晶瀑布从天而泻。站在瀑布之下，似乎步入漫天繁星的夜空。那"瀑布"足足有二十几米宽，颜色由玫红渐渐变至无色，是亚洲现代艺术家Bahk SeonGhi的杰作。

前台的帅小伙将我们领入房间，并告知我们，作为立鼎世会员，房间由36平方米的标准房升级到了43平方米的豪华商务房。这样的客房尺寸在度假区酒店很常见，但在寸土寸金的城市，就显得有点奢侈了。这正是得益于半年前酒店的全面改造，

将三个房间的空间缩减至两个房间。65英寸的智能液晶电视，非常醒目，巨大的屏幕上赫然显示着我的名字和欢迎语。冲淋房、泡澡浴缸和马桶都是独立的。智能马桶有好几种模式。最贴心的是底部有个小夜灯，在夜晚不用开灯就能准确定位如厕的方向。那么高科技现代化的房间（酒店母公司是三星集团），不免让我有一丝遗憾，因为来韩国就是为了那异国情调。但是，当我打开窗户，心中的不爽立即烟消云散了。窗外是一片绿地，再远处，是城市的高楼大厦，最抢眼的是正对着的酒店的"迎宾馆"。青瓦的屋顶，泛着亮的白色屋檐勾勒出原汁原味的韩

韩国八音盒

首尔The Shilla新罗酒店迎宾馆

式建筑的轮廓。这里曾经作为拜访国家领导及要人的国宾馆使用，江泽民、胡锦涛就曾下榻于此，现在作为宴会厅使用。那一片绿色是南山公园。公园的慢跑径立着韩国当代艺术家的雕塑品，在酒店的官网上有着非常详细的介绍。

虽然酷爱旅游，喜欢探访坐飞机十小时以上的国度，但是我不得不承认，我是一个旅行懒人。我没有体力玩徒步穿越，没有勇气攀登山峰，就连女人们乐此不疲的海淘也只两个小时草草收场。我喜欢在瑞士英特拉肯的维多利亚酒店边吃早饭边瞭望对面的少女峰顶；在布鲁塞尔的Amigo酒店楼下的著名大广场趁清晨游人还在途中如入无人之境地先把美照拍好；而巴厘岛的Ayana（原丽思卡尔顿）酒店去了两次没迈出酒店大门，居然还没把酒店每个泳池游遍。所以，我的旅行哲学是：飞行，去另一个国家，淫浸在酒店里，吃饭、游泳、SPA按摩……

首尔的新罗酒店能给我一切想要的。早餐是在Park View。丰富的菜品约有上百种，中式的点心丝毫不逊色香港的任何五星酒店。热菜包括肥美的烹鳕鱼，果汁全部都是现榨的。其中有一款白色的饮料貌似椰子汁，口味甘苦，原来是恐怕只有在韩国才有机会尝到的人参汁。餐厅窗外是一组冰川和瀑布的小景，与之相配的是熊熊篝火，估计天气再暖一点点，就有不畏严寒者去户外用餐了。

水疗区域和泳池及按摩馆有独立的入口。从服务前台取过电子钥匙，进入水疗区，就看到一排如药柜大小的储物柜。正在思量怎么把我这一身行头塞入小小的柜子。突然明白，原来这个柜子是用来存鞋的。脱了鞋，继续往里走，备有大中小三种尺寸的长袖和短袖汗衫、浴衣和袜子供选择。原则上是只有进入厕所才穿拖鞋。按下开关，泡澡池子的门自动打开。这里的女

首尔The Shilla新罗酒店迎宾馆　　　　　　　　　景福宫

人泡澡是全光的，故男女SPA区域分开。三个各自都不算小的碳酸钙人造温泉池子，显示着不同的水温。下了水，却在偷窥旁边搓澡间的人们。她们坐在木凳上，头上、身上堆满了丰腴的泡泡，仿佛雪花似的，每个人都在用力地搓，仿佛要把整个2013年都搓走。那边更衣室，一排明亮的化妆间。每间都摆放着数十种脸上用的、头上抹的瓶瓶罐罐，难怪韩国化妆品那么受追捧。没有丑女人，只有懒女人啊。化妆间旁有电脑室，随手就可以上个网，看个电影。最绝的是灯光昏暗的休息室，设计成飞机头等舱的样子，好几个美女躺着敷面膜呢。

　　SPA区域有条小径通向泳池。室内泳池有着明亮的玻璃天棚，同样可以沐浴阳光。室外的区域更大，有泳池和热力按摩池，可惜冬天关闭没能享受到。

　　入夜，酒店大堂人头攒动，热闹非凡。女人们大多身着裘皮大衣，拎Birkin包。忽然从二楼宴会厅下来许多穿韩服的漂亮年轻姑娘，人人手捧着一大束红白相间的绣球花。通往二楼的楼梯上也点着巨大的火红蜡烛。朋友说是国家领导来访。我猜是有婚礼。事实证明我的判断是正确的。可是新娘在哪儿呢？问了一位手持鲜花的伴娘，她向我指指旁边的小屋。好几位工作人员在门口驻守，移门还是露了条缝儿。我探头张望：屋里是韩国古代的摆设，新娘身着大红色的韩式婚礼服，发髻盘得极其精美。她和新郎一起，在向公婆敬酒，磕头，却没有其他人观摩，这好像就是韩式婚礼中的币帛礼。不由耳畔似乎又响起阿里郎的歌谣，转眼望去，酒店的角落都插着鲜红的梅花……

　　啊，天寒地冻，只有这梅花傲放。一个气候恶劣，物产贫乏的岛国，却生活着勤劳勇敢、自强不息的民族。铭记传承，勇于开拓，积极进取，这恐怕就是阿里郎精神吧。

# 梦幻的宫殿

相信每个女孩心中都有一个梦想: 住在一座梦幻的宫殿, 就像睡美人的城堡, 耸立在高高的山坡上, 四周森林环绕, 露出红色的尖尖塔顶。这样的地方, 哪怕只住一天也好。

格施塔德, 瑞士的一个小镇, 中国游客可能比较陌生, 我也是在立鼎世酒店集团推介会上了解到的。其适宜的海拔, 清爽的空气, 是欧洲皇室成员及明星富豪的不二休闲度假胜地。

去年夏天, 当我从瑞士最著名的景观列车之一——黄金专线, 拥有玻璃全景观光的头等车厢下来时, 映入眼帘的便是一座气势恢宏的半山坡上的白色宫殿。它像一只骄傲的白天鹅, 俯视着格施塔德这座美丽的山城, 这不就是梦幻中的宫殿嘛!

格施塔德皇宫大酒店 (照片由立鼎世集团提供)

　　酒店的专车早已等候多时，行驶了大约三分钟的小林公路，我们来到了位于半山坡的格施塔德皇宫大酒店。

　　前台的接待小姐用精致的带有铜质圆球缀着红色流苏装饰的钥匙打开了小套房。让我眼球停止转动的，不是富有乡村风格的内饰和床品，也不是硕大宽敞的大理石卫浴，而是那四扇高大的落地窗外的景色：远处，连绵的山脉此起彼伏，覆盖着厚重的艳绿"毛毯"；更远处，山顶的积雪尚未融化，映衬着浓得化不开的蓝天；近处，原汁原味的阿尔卑斯山风格的小木屋错落有致；更近处，一棵巨大的松树挂满了肥硕的松果，在微风中摇摇欲坠……于是，我向神祈求，来世愿变作这里的一只松鼠，一定是丰衣足食，无忧无虑。

　　这就是一座宫殿，一座可以窝在里面，进去了就不再想出来的宫殿。我们一家三口，在这里泡足两天两夜。

　　酒店的水疗馆足有一千八百平方米，通向秘密的理疗间还需跨过淌着流水的小木桥。当老公在享受全身推油服务的时候，我和女儿在室内泳池嬉戏。玩累了，再去桑拿室蒸一蒸，去按摩池泡一泡。休息室里，摆放着各种颜色各种形状的新鲜水果和干果，供我们随时取用。

　　酒店的后花园在山坡上。穿过摆有舒适躺椅，可以一边享受日光浴，一边欣赏山景的草坪区，就来到了儿童乐园。浓密树荫

格施塔德宫殿酒店儿童乐园

下的设施都是木质的，木纹紧致，质量上佳。有秋千、转盘、吊桥、木马、跷跷板……围上木质的栅栏。女儿说，这里是小公主和林间仙女嬉戏的地方。

再往前走，沿着幽静的小道，绕过网球场，便来到户外泳池。泳池足有50米长，16米宽，还设有高台跳水。几个金发美女趴在池畔草丛里晒着"上空"日光浴，谈笑风生，尽显自己美好的身体。一切都是那么自然。

晚餐在完全用木条装饰的"奶酪之家"餐厅品尝松露香槟奶酪火锅，当然是没有任何悬念的美味。而且，当服务员告诉我们，由于酒店地处隐蔽的半山腰，瑞士政府曾将国家很大一部分黄金储备藏匿在酒店两层高的煤仓中，也就是说我们用餐的位置，曾经堆满黄金。有了这段故事，这顿"密室黄金大餐"便在记忆里挥之不去了。

格施塔德小镇风情

好奇心驱使我了解酒店更多的传奇。一切始于一百年前一个滴水成冰的夜晚，年轻人恩斯特·舒尔兹在格施塔德广场唱圣经颂歌，却忍不住凝视那个山腰城堡一般的酒店，梦想着有一天自己能拥有一座梦幻宫殿。经过常人难以想象的努力与艰辛，"二战"过后，在酒店工作了十几年的舒尔兹向他人借款二十一项，买下了挚爱的格施塔德皇宫大酒店。"每个国王都是客人，每个客人也是国王"是酒店的经营理念。开业至今，已接待了奥黛丽·赫本、艾顿·约翰、吉米·卡特、索菲亚·罗兰等诸多世界顶级名人下榻。

如今，酒店已由舒尔兹的第三代继承人经营，但他不是我们常说的"富三代"，而是由前台领班做起，一步步晋升。也许，在某个寒冷的冬夜，他会站在多年前祖父站过的地方，抬头凝望父辈们留下的这座宫殿，不再是梦幻，而是灿烂辉煌的现实。

# 巴塞罗那之上

巴塞罗那，说老实话，我不太喜欢。街上人声鼎沸，车水马龙，不时耳边摩托车轰响，呼啸而过，就像从我的心头轧过。空气也不太好，和北京一样，有轻霾。没办法呀，大城市的通病。对我这样出生、生活在上海、北京、纽约的人来说，没有什么吸引力。幸好，她还有海，还有山。

巴塞罗那靠的是蒂维达沃山（Mount Tibiabo），这次我要住的就是位于山顶的Grand Hotel La Florida，那是巴塞罗那的最高点。

出了机场，几段高速，没多久就上了盘山路。出租车司机一脸艳羡地手指山顶的教堂和旁边的建筑物："This is it"。

一踏入酒店，凉风习习，城里的暑气全消。酒店是建在山上

Grand Hotel La Florida酒店套房阳台（照片由立鼎世集团提供）

的一座古堡，外观并不是那么花枝招展。但颇具西班牙风情。1925年由赫赫有名的新世纪主义建筑师Ramon Raventos设计，Andreu博士兴建。但是在西班牙内战期间关闭，在1939年成了一家军事医院。50年代，又重新建成。修葺一新的酒店由内到外都将传统与前卫风格完全结合。

前台的服务员领着我们来到泳池吧Miramar，俯瞰整个巴塞罗那全景，送上一杯清凉的薄荷茶，边微笑边聊天边完成了登记入住。虽然入住率很高，但是还是为我——立鼎世会员从最普通的房升级到了带有两个阳台的高级房。

整个酒店的摆设属于比较现代的风格，但设计上不时又流露出新艺术时期（Art Nouveau）的风格。比如，婀娜多姿的回旋楼梯、走廊里夸张的太阳造型的镜子、中庭的铁艺装饰。最小的普通房也超过35平方米的面积。房间非常敞亮，得益于高高在上的地势、巨大的落地拱形窗户和四米多高的天花板。未加过多装饰，甚至连壁纸也没有。橡木色地板，白色皮沙发，用明亮通透干净来形容是最为合适的了。推开窗上阳台，微风轻抚发丝，鸟儿从头上掠过，脚下踩的是城市。大理石的卫生间，排着两个洗脸池、一个花洒房和一个泡澡池，空间上还很富余。最妙的泡澡

Grand Hotel La Florida酒店周年庆活动现场

池边的窗户，整个巴塞罗那城统统包罗在内。白天，是一片砖红瓦顶和远处的海天相连；入夜，灯光闪烁，与飞机上鸟瞰别无两样，几片浮云滑过，灯光便缥缈起来，就像远处高楼上袅娜的歌声似的。

　　L形的泳池是巴塞罗那最性感的池子。它一半在室内，一半在室外，L的交叉处便是室内外的分界。游着游着，一不留神就游到了蓝天白云之下。池边一色夺目的红色沙发躺椅，如同热情似火的西班牙女郎，让人血脉贲张。在这全城制高点戏水，仿佛来到瑶池仙境。山顶的生活并不是想象中那么无聊，那么不食人间烟火。酒店边上居然有一个教堂和一个主题游乐场。多么神奇的组合呀！雄伟美丽的哥特大教堂，由于位列山之巅，立即显得与众不同，让人联想到童话故事中皇权的所在。教堂悠扬的钟声配合壮丽夕阳，人生的美好不过如此了。那个主题游乐场有让人尖叫的过山车。每天有大巴将孩子们一批批运上山，更有甚者，有的学校让孩子们徒步上山，孩子们一个个走得汗流浃背。换了中国妈妈，一定会心痛。

　　早餐后，收到酒店请柬，晚上有周年庆派对。看到工作人员一早就在花园里布置现场，心想一定来头不小。果然，黄昏时分，酒店门口就泊满了一溜儿保时捷车，那是酒店特派接送宾客的车队。有超过400名嘉宾驾到，其中不乏政界、商界精英和社会

Grand Hotel La Florida酒店

活动家。奉行盛装旅行的我，箱子里是少不了小礼服的。一袭白色蕾丝的小礼服，一双新买的高跟鞋，一枚Art Deco风格的蓝宝石胸针，好像还有些凉，再披一件蓝绿两色渐变薄羊绒围巾，这样的打扮应该不会输给外国人吧。可惜少了一只手包。幸好带了一把日本式的绢折扇，就把这个拿在手里吧，夏天还应个景儿。没想到派对的饰物也是扇子。巨大的黑色描金花折扇，一把把撑开。有摆在桌子上的，挂在墙上的，还有插在花园的灌木丛的，中为西用，看来这就是外国人眼中的异域风情了。花园依着坡，像梯田一样，一层又一层，种着薰衣草和许多不知名的花儿。每一层都摆着精美的Tapas小吃，各种饮品，五颜六色的巧克力，还有鲜花……来宾们也多穿小礼服出场，着装艳丽夸张，尽显西班牙的狂野范儿。可惜没有一个黄种人，语言也不通，我们这伙人只能使"吃"的劲儿了。鸡尾酒上来了。绿的，薄荷吧；红的，樱桃吧；还有粉蓝的，就叫它蓝精灵，蓝色冰激凌就是这个名儿。几杯酒下肚，脑袋变得晕乎起来，脚下变得轻飘起来。主持人用西语说了一大堆话，听不懂呀，反正别人欢呼我们也欢呼，入乡随俗嘛。派对进入high潮，花园里已人挤人，天色已全黑（欧洲夏季近十点才天黑），爵士歌手由慢摇变成了吼叫。山下灯光一片，山上烛光一片。我已分不清自己在天上还是人间，我开始放浪形骸，我只想高呼："I love Barcelona，I love Spain!"

# 雪域秘境

　　谁都知道珠穆朗玛峰是世界第一高峰，登上珠峰不仅是个人的荣耀，而且是家族、是民族，甚至是一个种族荣耀。但是在职业登山者眼里，K2峰才是最神秘最难攀登的。至今只有数百人成功登顶，数量只有珠峰的八分之一，死亡率更是珠峰的4倍。50年里，53名登山者将尸骨融入K2的冰川，把一个惊人的死亡游戏一次次推向高潮。这座充满野性，如着了魔法般的K2峰位于喀喇昆仑山脉，位于中国新疆维吾尔自治区境内，海拔8611米，是世界第二高峰，中文名字叫乔戈里峰。可惜我们中绝大多数人都一生无缘乔戈里峰，因为到达那个地方，绝对不逊色于要经历西游记的九九八十一次磨难，相对于地球上许多交通便利的美景，以生命为代价太过于巨大。

　　同样是雪域，海拔1850米库维舍维尔 (Courchevel) 是滑雪者的天堂。它位于法国萨瓦省的中心地带，是有着600公里滑雪道的世界上最大的滑雪场Les 3 Vallées (三峡谷) 的中心。高山机场距离库维舍维尔仅有2016米，该机场拥有一条不间断除雪的沥青跑道，还有合作的直升机机场。但是，如果采取公共交通，如火车、汽车和普通客机就不怎么方便，但这丝毫不减少全世界滑雪爱好者的热情。

　　夏天，这里的豪华酒店几乎全部都打烊，可是一到11月飘雪花的时候，就有土豪们坐着直升机从天而降。前不久著名的赛车手舒马赫出事的地点，就离库维舍维尔仅9.2公里，也就是另一个山头。这个区域五星级酒店的平均起点房价是15000人民币一

K2酒店外景（照片由立鼎世集团提供）

晚，而且大部分必须至少住满一周。2012年的世界末日，我就是在这里度过的。真是好东西会上瘾，今年我又来了。吸引我的是一家以巅峰命名的酒店——K2。是的，酒店的名字非常简单，简单得甚至像一个代号，简单得让人浮想联翩，因为在这之前我并不知道乔戈里峰就是K2峰。酒店的门面实在是非常的不起眼，一幢小小的房子，如果路过很可能以为是民宅，实在无法将最低四万人民币一晚的标准房价与之挂钩。入住了才知道，它的主体二十六间客房、三间套房、七套别墅，其实都隐藏在大堂之下的山坡上，全部拥有对面山谷的壮丽景色。令人叹为观止的是

别墅的面积500~640平方米，有5~6间卧室，拥有一个带家庭影院的游泳池、一个土耳其浴或热水浴池、一个带壁炉的大型客厅、一间电视厅、一间餐厅、一间设备齐全的厨房、一间滑雪准备室、一部电梯以及几个宽敞的露台。管家、服务员和主厨随时贴心服务。

酒店是三年前刚刚开张的新贵。而这个区域不乏百年老店，是茜茜公主最爱的滑雪胜地。

酒店的装饰大量采用轻质木料，如云杉、落叶松，辅以卢塞恩石、羊毛制品、青铜和皮革制品，营造出一种低调奢华。这里不仅

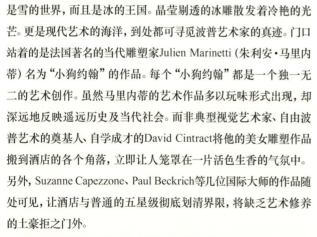

K2酒店大堂（照片由立鼎世集团提供）

K2酒店的雕塑

是雪的世界，而且是冰的王国。晶莹剔透的冰雕散发着冷艳的光芒。更是现代艺术的海洋，到处都可寻觅波普艺术家的真迹。门口站着的是法国著名的当代雕塑家Julien Marinetti（朱利安·马里内蒂）名为"小狗约翰"的作品。每个"小狗约翰"都是一个独一无二的艺术创作。虽然马里内蒂的艺术作品多以玩味形式出现，却深远地反映遥远历史及当代社会。而非典型视觉艺术家、自由波普艺术的奠基人、自学成才的David Cintract将他的美女雕塑作品搬到酒店的各个角落，立即让人笼罩在一片活色生香的气氛中。另外，Suzanne Capezzone、Paul Beckrich等几位国际大师的作品随处可见，让酒店与普通的五星级彻底划清界限，将缺乏艺术修养的土豪拒之门外。

酒店将喜马拉雅地区民族特色融入其中。如大堂一角的书房，喜马拉雅地区女人脸部特写的编织靠包，颜色浓烈，人物形

象刻画入木三分。走廊里挂着巨幅的喜马拉雅地区农民彩照，这些都出自以喜马拉雅地区为题材的摄影师Frederic Lemalet之手。游走其中，总觉得有一双双眼睛在静静地注视着你。门卡被做成像汽车钥匙那样，只需轻轻一扫。钥匙上缠绕粗犷的皮革和皮草，以喜马拉雅地区人们挂在门把手上的饰物为灵感。这些民族元素无疑构成了K2酒店的灵魂。

打开房门，穿过狭长的走道，走道的两边都是嵌入式大衣柜，又拐了一个弯，这才来到客房。天花板和墙壁都用白桦木装饰；内嵌式照明干练，赋予更多的空间；深红色的台灯和床上用品让整个房间在冬日里显得特别温馨；卫生间的木质推拉门上、床榻上，都有着木质的雕花；竹质的梯子用来挂毛巾浴巾；墙上悬着大小不一、形状各异的镜子，全部用真皮镶嵌，不知道哪一面才是魔镜。孩子找到了她的房间，房间里摆着一张上下铺，于

K2酒店套房

K2酒店书房

是她兴奋地爬到上铺拧开台灯阅读起来，孩子的房间有自己独立的卫生间。最美的还是阳台，由于位于山坡上，对面山谷的壮丽雪景一览无余。积雪的云就压在山头，可是太阳还是顽强地从云层中刺出几道金色的光芒。

傍晚，来到酒店的Le Black Pyramid (黑色金字塔) 餐厅用餐，这个奇怪的名字也源于K2峰。在K2峰大约7500多米处是极不稳定的三角形冰岩层，非常危险，随时都有可能夺去登山者的生命，所以，被命名为黑色金字塔。但这里却是通往K2峰顶的必经之路，是每个登顶者都无法回避的。餐厅灯光昏暗，窗外是和K2峰一样的雪域奇景，配合黑色金字塔的传说，散发出谜一般的生与死的暧昧气息。点完了并不复杂的餐食之后，我们对厚厚的酒单发了怵。侍者善解人意地将我们领进酒窖，酒窖虽然不大，但是五大酒庄的名品一样不少。对佳酿实在没有研究的我们

选择了看似较为百搭的滴金，可是，侍者却向我们推荐了另一款甜酒，并贴心地将这两款酒都倒了一小杯让我们品鉴。果然，以我们不太能喝酒的味蕾，感觉侍者推荐的更见柔美与平和。而正当我们在鉴酒时，中国富商欢庆收购法国酒庄成功的直升机，坠落在漆黑的波尔多隆河里，唏嘘之余不免感慨世事难料，正如企图登上K2峰的人们，永远是命悬一线。

泡在酒店暖暖的泳池里，池边壁炉燃烧着熊熊火焰，180度无死角的弧线落地窗外，眼前的雪山仿佛变成了K2峰，当我长时间凝视时，想象着那个极点处的那片对我而言没有可能看见的风景。没有一家酒店像K2那样唤起我对生与死、对成功的重新思考。我想，人在追求某个目标时的状态是最有魅力的，而山巅的魅力就在于它永远是一个能唤醒人魅力的目标。也许，在追求中牺牲是最让死亡达到永恒的巅峰美感。

# 穷奢巴黎

巴黎,也许你比我更熟,因为我只去过四次。这是一个纸醉金迷、挥金如土的地方,让人又爱又恨,充满了复杂的情感。全世界消费水平最高的城市,它一定是前五位。它的高大上把纽约甩开了八条马路,甚至让人觉得纽约是那么的土气,还有点粗糙与寒酸。橱窗里琳琅满目的奢侈品,让你的信用卡不知不觉就会刷爆。美艳无比的法国大餐,岂有不吃之理。如果你是土豪,如果你想迅速地花掉你的钱,除了拉斯维加斯,巴黎可能是最好的地方了。

巴黎最豪华的酒店也是世界上最豪华的酒店。可惜不巧,我喜欢的丽兹和克里翁酒店都在进行为期两年甚至更久的大幅度翻新。克里翁就是那家每年举行上流社会名媛舞会的地方。舞会是绝对不欢迎土豪的,光有钱还不够,必须是贵族或政界要人。上海的华尔道夫酒店也来了一个拷贝,弄来了几张金发碧眼的洋姐脸,可是要积累那几十年甚至上百年的传承,让我们走着瞧吧。奥黛丽·赫本有一部电影,大部分场景都是在巴黎的丽兹酒店拍的,名字叫作《黄昏之恋》。虽然它不如《罗马假日》出名,但一样能觅到赫本的天真俏皮,同时又多了一份伤感与无奈。

前年参加巴黎古董双年展的时候住的是位于凡登广场文华东方酒店。那是巴黎为数不多的新开张的顶级酒店之一。酒店融合现代风格与东方气息,所以当我早晨醒来的时候居然不知道自己身在何处,因为它和香港的文华东方几乎如出一辙。

Fouquet's Barriere酒店地理位置太显赫了,位于香榭丽舍大街与乔治五世大街的交会处,那正是巴黎金三角的顶端。LV的旗舰店就在对面。下榻这里可以在清晨游客还没来得及到达的时候,"爬行"100米到凯旋门狂拍一阵照片。当然,入住那些带阳台的套房连"爬行"的工夫都省了,站在阳台上就能看到凯旋门,更能加强幸福感和土豪气,仿佛整个巴黎都握在你的手中。

不过我并没有去对面的LV血拼,因为这里的水疗太让人放松了。飞行了几千公里到巴黎就为了享受这水疗?这里可不是巴厘岛啊!可是我就是要重重地在这里挥霍一下时光,这样才对得起九百欧元一晚的房价。水疗区域不是很大,但是相当精致。有游泳池和热力按摩池,其中热力按摩池不仅可以创造漩涡式水流,更有瀑布式的水帘。

酒店内部装潢巧妙融合华丽巴洛克、古典主义及超现实主义。大堂采用路易十五风格的金色沙发,墙壁上则可看到家族成员及曾来此下榻的影星照片。令人感动的是,中国影星范冰冰的照片被放在最醒目的位置,仿佛是一个壁龛,周围并没有其他名人的照片与之做伴,更彰显了我们中国一枝独秀的地位。这些黑白照都是1934年成立于巴黎的Studio Harcourt摄影工作室的杰作,是全世界最有名的黑白人像摄影公司。别说是普通法国人一辈子都以拥有一张这家公司的照片为荣,就连国际影星也纷至沓来。

更有意思的是,酒店的公关经理递给我的名片上面居然赫然印着她的中文名字,他们对中国顾客的重视度超乎了我的想象。前几年在巴黎各大奢侈品店里,晃动的都是一身黑纱的阿拉伯人,而现在取而代之的是黄皮肤的中国人,而不是黄皮肤的日本人了。任何一家你能叫得出名字的奢侈品店里都配有中文导购。有钱就

Fouquet's Barriere酒店套房阳台（照片由立鼎世集团提供）

布里斯托酒店（Le Bristol）顶层游泳池（照片由立鼎世集团提供）

是好啊，虽然素质还有待提高。但是我相信仓廪实而知礼节，期待着我们中国人在国际上的受欢迎程度超过日本人和韩国人。

如果说香榭丽舍大道是巴黎最多金之地，那爱丽舍宫无疑是最显贵之处。入住布里斯托酒店（Le Bristol）无疑是和总统做邻居。酒店的建筑起自路易十五时代，1924年，一名成功的实业家贾梅（Hippolyte Jammet），买下这栋建筑改造成饭店，这就是布里斯托的诞生。布里斯托虽然开业将近一个世纪，但饭店的设备却永远走在时代的前端，在每个细节，都提供最好的服务。令人惊奇的是，近两年来，酒店的首席公关形象大使居然是一只白

猫。它是一位最敬业的形象大使，因为它二十四小时都住在酒店里。两年前它就在这里出生，之后，这家巴黎最豪华的五星级酒店就成了它的家。是的，我们每一个人都是这里的过客，而只有它才是这里真正的主人。由于我们抵达酒店比较早，客房还没有准备好，就先在咖啡厅里用西点。咖啡厅是巴黎最上流的社交场所，无论是绅士小姐还是太太个个都非常讲究穿着。一丝不苟的妆容和发型、精美的配饰，让我们这三个风尘仆仆的旅人感到与环境多么的不相称，甚至有点无地自容。曾经有一个中国的亿万富翁，在福布斯排行榜上能上前一百位的，得意地告诉我，她和

去酒窖挑选红酒

游艇上的盛宴

老公总是穿着拖鞋和运动装，戴着西铁城的电子手表，大摇大摆地走进任意一家五星级酒店，把那里当作自己的食堂。我无言以对。我只想说，并不是有钱就可以买来尊重的。

这里的柠檬挞恐怕是世界上最好吃的。别看挞底那么酥脆，它绝不会碎在盘子里，用牙轻轻一磕，便完美地、不拖泥带水地裂成两半，绝不会在你的唇上留下难堪的细屑。挞身酸甜度正好，一股初恋的感觉涌上心头。而挞顶那一抹金箔使它轻而易举地拥有20欧元的身价。

当我们在品尝西点之时，眼尖的老公说他看见了一只小狐狸在咖啡厅里头穿梭。我想那一定是我们的形象大使，那只可爱的大白猫。可是它只是匆匆地和我们这些陌生人打个招呼，然后一溜烟又不见了。服务员告诉我们，夏天它常常会歇息在咖啡厅后面的

美丽庭院。那可是一片足有1200平方米的郁郁葱葱的城市绿洲，它的面积在巴黎市中心的酒店里面可是名列第一。而天气寒冷了，大白猫会大摇大摆地住进酒店大堂。果然在服务员的指点下，我在大堂伯爵表的陈列柜上发现了大白猫，正在那里打盹儿呢。

酒店的客房区域是大白猫禁入之处。但是这里依然可以看见它的身影——门把手上就挂着它的可爱肖像。请勿打扰的牌子是它眯着眼睛在睡觉，请打扫房间则是它精神抖擞地瞪大了眼睛。到底是老牌的贵族酒店，拒绝门卡，用的依然是价格不菲的金属钥匙，我一向认为那才是真正的蓝血，真正的奢华。钥匙沉甸甸的，图案精美。瑞士沃韦的Des Trois Couronnes酒店，钥匙宛若拉长了的小金字塔。法国库维什维尔Hotel de Charm Les Airelles是一撮寄生簹。瑞士格施塔德皇宫大酒店则是一串精美的流苏。

巴黎街景

持钥匙最范儿的地方就是当你离开酒店的时候，随手就把钥匙丢给前台保管。这就好比开着豪华跑车出入高档社交场合让人代泊。配得起手工钥匙的酒店往往服务也非常到位。远远看到你从酒店外进来，礼宾部就认出你是谁，住在哪一间房，早早就把钥匙准备好。目前饭店拥有164个房间，包含73间高级套房，所有客房均以古典风格的家具装潢，白底红花的窗帘配上床上用品，感觉像进了18世纪贵族小姐的闺房。

位于饭店6楼的游泳池，以高级柚木装潢，正前方绘有一幅面向安提布岬的大型壁画。事实上设计这座泳池的皮诺 (Professor Pinnau)，也是替知名船王欧纳西斯(Onassis)建造游艇的建筑师，壁画的透视效果，让人犹如置身游艇甲板上，而画中的城堡，则巧妙地呈现奥克特家族在安提布的饭店景致。游泳时，可以透过明亮的窗户望见埃菲尔铁塔和圣心教堂，宛若在塞纳河中徜徉。

上一次来巴黎，邀请方包下一条游艇，请我们在塞纳河上享用法国大餐。喝着库克香槟在甲板上看风景，引来擦肩而过的大邮轮上人们艳羡的目光。快驶过桥洞时，桥上的男子向我们挥手，并用英语大声说："I know you are rich!"(我知道你们很有钱！) 是呀，有钱在巴黎是很受用的。可以坐直升机去古堡夜宴 (当然，也有危险，中国某富豪和儿子就是这样命丧在收购法国波尔多酒庄后的欢庆巡飞中的)，可以骑马车逛街，可以去Roger Vivier买10双水晶扣的高跟鞋 (我朋友就是这样)，可以让歌剧院专门接待你一个参观者……重要的是，你花出去的每一分钱，都不会让你失望，不会让你觉得不值，没有受骗上当的感觉。所以，来吧，到巴黎来享受吧，人生苦短啊！

# 后厨的秘密

　　几乎每个小女孩都有当厨师的梦想。是西厨，不是中厨。她们对烤盘烤架充满兴趣，各种形状的饼干模子也是最爱。尽管现在的"90后""80后"要么叫外卖，要么蹭父母的饭，会做西红柿鸡蛋汤的还敢在"非诚勿扰"中作为"才艺"而受关注。贝贝也是成天吵着要上"Cooking Class"（烹饪课）的那种小女孩，因在小学一年级错过了这门课外课而耿耿于怀到现在。一直说好朋友琼安的妈妈是天下最棒的，因为她会烘烤饼干，还带到学校和小朋友们分享。

　　尽管我对中国厨艺略知一二、稍有研究，也想将"独门绝技"传授给她。可是一起火，一起油锅，她就吓得四处乱窜了。没办法，孩子太小，再等等吧。

　　瑞士是我们最喜欢的家庭度假地。洛桑的美岸皇宫大酒店是立鼎世集团的成员之一，也是美岸酒店家族中的翘楚。酒店依偎于洛桑市中心日内瓦湖畔，坐落在十英亩的花园中，处处散发着宁静安详的气息，充满历史底蕴。她的英文名字叫作"Beau-Rivage Palace"，是由Beau-Rivage（美岸）和Palace（皇宫）两栋建筑组成，前者是古典主义，后者则采用了新艺术风格。连接两栋楼的是具有巨大玻璃圆顶的餐厅。每个房间都坐拥美轮美奂的湖光山色。内部的华丽装潢和一流设施则更加令人赞叹。挑高十几米的大堂如宫廷般富丽堂皇，硕大的水晶灯熠熠生辉。可容纳600人的大宴会厅巴洛克式的穹顶绘画透射着太阳的七色光芒，四壁满是18世纪的手工壁画。花园位于缓坡上，修剪整齐的草坪上矗立着一副超大尺寸的国际象棋。各种动物造型的雕塑让每一个角落都透出生机。花园的那一头是一架滑梯，秋千和木马。小朋友在这里是最受欢迎的。孩子们在到达酒店的那一刻，酒店的宠物波利，一只可爱而狡猾的狐狸，就会在儿童俱乐部欢迎大家。酒店甚至拥有自己的游艇——百年复古蒸汽船"蒙特勒号"就停在日内瓦湖边，随时准备起航……

小厨师完工了

可可·香奈儿、奥黛丽·赫本和格蕾丝·凯莉都曾是这里的座上宾。20世纪初，这里曾是两项和平条约的签署地。可是，吸引我们的不是这些，而是酒店对儿童提供的免费Cooking Class。

这可不是普通的Cooking Class。美岸皇宫大酒店有家大名鼎鼎的米其林二星餐厅——以美女大厨Anne-Sophie Pic命名，她可是目前法国唯一摘得米其林三星的女掌勺，而且在2011年更是被评为全球最佳女厨。在瑞士，获得米其林三星的餐厅总共有两家，二星也还不超过二十家。而这节针对孩子的"Cooking Class"，不是简单地在Kids Club（儿童俱乐部）等场所让孩子玩过家家，而是真正地深入餐厅的心脏——后厨，在后厨中完成授课。

下午四点，我和贝贝准时来到酒店大堂。早有专人等候，为贝贝戴上了特制的大厨高帽，围上白围裙，在酒店以白色绣球花为装饰的氛围中，显得那么和谐。我们来到了地下一层。这座五层楼高，拥有137间客房和31间套房的庞然建筑物（在欧洲，这样规模的酒店算很大了，因为欧洲酒店多以家庭连锁为主，30~40个房间是平均数）的整个地下一层居然全部是餐厅的后厨。我的头都晕了，如同迷宫一般，设备间、准备间、灶台、冰室……错综复杂，深不可测。可是，作为护送孩子的家长，使命也就完成了。我被礼貌地请回了酒

Beau-Rivage Palace酒店花园一角

Beau-Rivage Palace酒店游泳池

店大堂，并被告知，一个半小时后在大堂等候孩子即可。

一个多小时后，贝贝得意地捧着两大盒糕点凯旋。她迫不及待地打开盒子向我们展示她的成果：那马卡龙，中间夹了巧克力和蓝莓是她的创意；水果挞上的水果从剥皮到刻花全是她完成的；巧克力挞她偷偷多抹了好几层巧克力；小蛋糕上的裱花的图案是她自己想出来的……

从她的嘴里，我更是打听到了一些关于后厨的秘密。整座酒店共有一家法国菜、一家日本菜、一家意大利菜和一家世界美食餐厅。其后厨都位于地下一层的不同区域。冰箱，不，应该叫作冰室，有十几平方米的房间那么大，温度各不相同。冰室又大又高，要爬上梯子才能够得着上层的食物。这样的冰室总共有七个，分别存放蔬菜、水果、肉类、海鲜、奶制品……除此之外，还有多个家用冰柜，用于快速冷却食物。

她被带到了点心部。这里的桌子是银色和白色的，高高低低大小不同的锅子也泛着银色的光亮，比自己家里的厨房要干净得多。全然没有像中国饭店后厨"老鼠乱窜，蟑螂满地"的现象。厨房里有几个漂亮的女厨在打鸡蛋，不知道这其中哪一位是Anne-Sophie Pic。贝贝学习的是西点装饰与裱花。一位厨师拿来三个有小碗那么大的烘焙好的Tarts（挞坯）。先做巧克力挞，把裱花袋里的巧克力浆挤到Tart里面。虽然贝贝觉得自己挤得像狗屎状，但是还是得到了厨师的肯定。然后，再加巧克力钢珠作为点缀，就是那种看着像钢珠，咬到嘴里才发现其实是非常小的巧克力球。第二个做的是柠檬挞。又甜又酸的柠檬奶油也是装在裱花袋里。这次难度加大了，要在外围裱出一朵一朵的花，然后在中间填上菠萝。第三个是水果挞。厨师从冰室里取出贝贝喜爱的蓝莓、草莓、红莓，小心地把每颗切成两半，让

在Beau-Rivage Palace酒店的米其林二星餐厅享用早餐

贝贝自己设计花样。

虽然，在整个西点的制作过程中贝贝只是完成了最后的西点装饰与裱花这一项，没有涉及和面、制坯、刻模、烘烤等步骤，但是，对于一个不到十岁的女孩来说，这一堂课，培养了她对厨艺的兴趣，让她体验了自己动手的快感，更让她理解到"谁知盘中餐，粒粒皆辛苦"的道理。

我一直以为，会做饭、会做点心的女人是幸福的。我在小学三年级的时候，母亲就手把手地教我包馄饨，当然馅儿是她事先制好的。于是，我对厨艺产生了浓厚的兴趣。在小学五年级时，当我照着烹调书，自己制作出了甜点"三不沾"时，父母都惊呆了。会烹饪是我受益终生的一件事。在美国留学时，我们每天中午都带饭去学校。微波炉一转，引来多少艳羡的目光。我还是Party Queen（社交女皇），每每周末我家总是热热闹闹，人满

为患，大家都爱吃我做的中国菜。昂贵的学费使得我们几乎身无分文，但是生活质量却没有下降，因为美国的食品原材料是相当便宜的，而下趟馆子可以轻而易举地花掉一个月的生活费。就是在生活富裕程度大大提高的今天，我和家人也很少主动在外就餐，家宴才是待客最高礼遇。地沟油、来路不明的肉类、无数的添加剂，让我对中国的餐馆望而却步。每天早餐，我都会坚持亲手制作，为老公奉上他百吃不厌的"严氏海参蛋炒饭"，为女儿在最短的时间内像变魔术般制出各种健康的早点。而这一切，对我来说，简单又轻松。

有一位妈妈对女儿说得好，"宝贝，你一定要学会做饭，无关于伺候任何男人，只是在爱你的人都不在你身边的时候，能善待自己。"是呀，烹饪创造健康生活，是乐趣也是艺术，是幸福女人、幸福家庭的秘密。

# 暖城

我喜欢欧洲。

欧洲的夏天是极其舒爽的。日头又长，一天有十二个小时以上太阳不落。可是欧洲的冬天却相当阴冷，2014年的圣诞节，我们一家在柏林，入住的罗马酒店离勃兰登堡门只有十几分钟的步行距离，为了完成这一个来回，我们全副武装，穿秋裤和羽绒服，戴手套，可是这个冷呀，耳朵都要掉了，这还是在没有一丝风的情况下。回到酒店，发现镜子里的我们个个冻成了胡萝卜脸。

2014年的夏天，我在瑞士的圣莫里兹。那年夏天，圣莫里兹一反往常的一年中有三百六十天的晴天，偏偏下起连绵小雨，最高温度不过十几摄氏度。被小雨困在酒店的我百无聊赖，找门童

意大利别墅酒店外景

闲扯。个头儿不高，来自葡萄牙的小伙子是这个势利小镇遇见的暖男。这样的温度使他回忆起故乡的冬天，也燃起了我冬天去葡国避寒的念头。据说，一百多年前西欧的有钱人得了肺病，治疗的最佳方法就是冬天去温暖湿润的南欧待着。想象着那暖暖的冬日太阳，慵懒却不火辣，一如这小伙子张弛有度的热情。

不想购物，不想看博物馆，不想为景点东奔西走，只想找一处看得见海的带阳台的所在，发呆、喝酒、暖身。意大利别墅酒店完全符合我的所有要求。酒店的前身是意大利的末代皇帝——温贝托二世的官邸，这里曾是他流亡国外的隐居之地。酒店位于

卡斯凯斯，这是一座离里斯本只有几十公里的小城，在里斯本工作的中产及富裕人士选择这里作为居所，通勤不过半个多小时。

酒店建在悬崖之上。这一带的海岸都没有沙滩，取而代之的是黑色岩石。向西行不远，那些岩石突然变得狰狞起来。岩石边多了一排旅游用品的商店。这里是景点，名字有点瘆人，叫作"地狱之口"。

酒店大堂的地面是用彩色马赛克拼成，很有葡国风情。每一间巨大的房间（最小的也有42平方米）都带有阳台。我们的阳台侧对着大海，正对着别墅。那些橘黄、淡粉、明黄、瓦红的暖色系

意大利别墅酒店花园

建筑，弯弯的拱形门洞，强烈的异域风情，比大海更加吸引我。傍晚时分，穿着浴袍，喝一小口红酒，咬下葡式蛋挞一角，在阳台上静静地目送夕阳沉入墨色的大海。那一刻，海的尽头涌起一片金。拂晓，在餐厅享用早饭，窗外泳池的水渐渐倒映出红玫瑰色的天空，一只水鸟向太阳方向扑去。又是一个晴朗的天。

就在意大利别墅酒店的下坡，一堆岩石之上，还有一家风格迥异的五星级酒店Farlo。中午，我们要在这里用餐。这是一家精品酒店，总共只有一栋三层的古式建筑。前院里种满了开着橘红色穗状大花的、叶子像芦荟的多肉植物，这种美艳的热带花朵我还是生平第一次见到。大堂、酒吧和餐厅都在一层。木地板踩

上去嘎吱作响，可是内饰却新奇、大胆、前卫而又不失美感。好莱坞男神的黑白头像被印在椅背上。丝袜般的织物被妖娆的钢丝骨架支撑着，构成庞大如花朵般的吸顶灯。墙上巨幅的装饰画是一堆网状的随意线条，就叫它"盘丝洞"吧！餐厅向户外、向大海延伸着，这一切归功于透明的玻璃房。我们的座位正对大海。也可以看见酒店小小的泳池、人工沙滩、两排白色的瓦罐有点希腊风情。

前菜是西班牙火腿，薄如蝉翼地优雅地在黑色的石板上翻卷着。一碟油醋，一碟芥末，一碟黄油，白色如雪花般撒落在黑色石板上的海盐。点了香炸奶酪作为头盘。奶酪裹着脆粉被炸

Farlo酒店餐厅

得金黄，仿佛一个个干草垛，卧在芝麻叶上。三只被切开的小西红柿，光鲜靓丽，可爱调皮。炸奶酪外酥里软，入口即化；芝麻叶则口感清爽，唇齿留香。主菜是烤鱼，由一堆五颜六色的蔬菜做伴，橄榄、小洋葱、荷兰豆……叫得出名儿的，叫不出名儿的，每样只有一片、一块，点到为止，浅尝辄止。让人意想不到的是甜点。服务生给每个人端上一块石板，石板上是一个小花盆，没错，就是种花的小号花盆。盆里全是黑土，土里栽着薄荷，小小的嫩芽探出头来，切碎的草莓星星点点。种花人挺"粗心"的，花盆外的石板上也弄上了土。原来这层土是巧克力末。扒开巧克力末，里边是草莓慕斯。吃的时候首先要破坏，将薄荷、草莓、巧

克力末和慕斯拌一下，这样，甜的甜，凉的凉，酸的酸，多么新奇而又美好的视觉、味觉体验。

相识多年的友人，终于在两年前随着葡国老公搬回老家里斯本去了。巧合的是，她就住在离我们酒店不远的卡斯凯斯另外一个社区。共进午餐后，她热情地开车拉着我们去兜风、购物。分手时我们想在小城中心转转，再步行回酒店，不料刚才还晴朗的天空突然下起雨来，我们只得狼狈地一路小跑。忽然听见有人大声用中文呼唤我的名字，在这陌生遥远的地方，原来正是我那友人，她见下雨以后便掉转车头，专门在我们必经的小路上等待，把我们送回酒店，心里不由涌上一股暖意……

# 神和人的岛屿

希腊的海岛与全世界的其他所有海岛都不一样，我一直以为，它们是神对人类还没有失去信任时，创造的伊甸园。在这样一个接近天堂的地方，要么盛装，以示对神灵和美景的尊重；要么裸身，随时回到刚出生的状态，回到一条鱼的自由。

从雅典打出租到船码头，当司机知道是去圣托里尼时，双眼放光，连声说，啊，那是我最最喜欢的地方，艳羡之情毫不掩饰。船有点破旧，商务舱和经济舱没啥区别，这一点也反映在价格上。再贵重的行李也是往上船时的寄放处一扔。看来伊甸园的门票一视同仁。

从船码头到岛屿北边尽头的伊亚小镇，一路盘山，拔高。以

米克诺斯随景

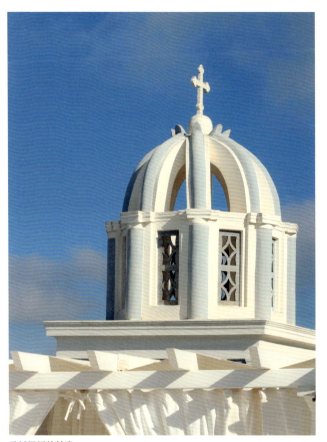
圣托里尼的教堂

前，是依靠毛驴将游人和行李送上悬崖的。车时而在崎岖的山路间迷失方向，时而左边一片海、右边一片海，最后，停在伊亚小镇的村口，却不见除了教堂之外的比较大型的建筑物。我们要去的KATIKIES酒店在哪里呢？正在纳闷，两位年轻英俊的小伙子不知道是从哪里冒了出来，抬了我们的行李，一路往下走。和大部分的旅游胜地不同，圣托里尼的酒店大堂都设在最高处，到达客房往往要沿着扶梯往下走，因为整个岛屿就是在悬崖上。下几步台阶，就来到接待处。光头的，有着硬朗肌肉线条的总经理亲自出来迎接，侍者随即送来清凉饮品。海，在酒店的每一个角落，

都可以看到，无时无刻不在你的视野。它是那样的蓝，"吸入空气时，好像胸腔都会被染色般的蓝"（摘自村上春树）。

KATIKIES有三十多个房间，可以说在圣托里尼岛上是一座大型的，最高级最昂贵最美的酒店。在圣托里尼，多数酒店都是由家族经营，只有几个房间的很常见。酒店拒绝接待十三岁以下的儿童，本以为是为了不破坏这里的浪漫气氛，后来才知道，由于酒店建在悬崖上，不接待儿童是因为安全起见。侍者无论男女，都身着白衣白裤，白色球鞋，和这希腊式的白色建筑物融为一体。酒店的三处公共泳池，分布在不同的海拔。一些大套房还

圣托里尼Katikies酒店

带有私人泳池。

我们入住的是酒店的大套房。有一个悬崖上的院子、私人热力池。如同由雪糕砌成的纯白色带有拱形天花板的房间,挑高差不多有6米。一楼是起居室,沿着白色的螺旋形扶梯,二楼才是卧室。一个足有10平方米的衣帽间。超过10平方米的卫生间里不仅有可以坐着的冲淋,还有一台按摩浴缸。

清晨,天空刚刚开始泛起一丝粉色,我们来到泳池畔享用早餐。平静的大海,没有一丝波纹。红色的山体与湛蓝的大海形成明显的视觉对比,衬得海中的几只白帆如同用白纸剪出来似的,被钉在深蓝画布上。在这样的环境里,你还在乎、你还记得吃了些什么吗?

如果说悬崖上圣托里尼是神曾经居住过的地方,因为它高高在上,遍布教堂,那么,米克诺斯就多了点人性,它就在沙滩上,到了夜晚,更添一分兽性,这里是放浪形骸的最佳地点。蓝色的天、蓝色的海,那是上帝赐予的,圣托里尼以蓝色的圆顶教堂来歌颂;而米克诺斯则洞开了一扇扇蓝色的木门和木窗,把天堂与人间相连。

一年里有三百天的太阳的米克诺斯岛,雨水不是很丰沛,不像东南亚的海岛那么潮湿,所以岛上的植物不是那么茂盛。虽然已经到了6月底,还是有很多枯草和枯树。正因为蓝色太浓烈,绿色就不好意思再出来抢风头。白色是屋墙,是教堂,是帆,是船,

圣托里尼随景

是十字架。白色是最没有脾气的颜色，与谁都能和平相处。唯有红色的夹竹桃和三角梅，一丛丛一簇簇，看到就让人心悸一阵，然后举起相机，猛拍一通。

　　米克诺斯岛是一个没有红绿灯的岛。公路窄窄的，车子按照一定的速度前进，没有人超车，也没有人赶时间，木窗和木门也只能漆成规定的五种颜色，但是以深深浅浅的蓝色居多。你看，这家是宝石蓝，那家是蓝精灵蓝……一切都是那么和谐与宁静。

　　米克诺斯岛上的MYCONIAN酒店管理集团十分不得了，旗下共有七家酒店，全部是五星级的。其中一家是图兰夏朵，另一家是立鼎世的成员酒店。我们下榻的是位于南部的EMBASSDOR

MYCONIAN酒店。入住两天前酒店就写了邮件询问我们到达海岛的方式与时间，果然，一下船就有酒店的豪华礼宾车等候我们。训练有素的司机一边开车一边向我们介绍米克诺斯岛的概况。酒店是图兰夏朵的成员，这是一家全部由小型精品五星级酒店组成的酒店销售集团。据说个人要成为图兰夏朵的会员无须年费，但要有在该成员酒店入住或其他消费十次以上的记录，这样的门槛不仅仅是钱就能解决的，还需要时间与忠实度。

　　老远就看见酒店，整栋白色建筑依坡而建，大约有五六层高。顶层的露天花园开满夹竹桃，茂密仙人掌映衬着红色的山体，居然有一点墨西哥的味道。墙上不经意处洞开了一扇扇小窗，每一

圣托里尼随景

扇都镶嵌着湛蓝色的海、纯白建筑与船只的绝美画面。这里的设计充满奇趣新奇感，不得不佩服希腊人从神那里继承来的艺术天分。巨大的大堂被分割成好几个区域，少了一份高高在上的豪华与势利，清新与温馨扑面而来。白色的布艺沙发，有一只蓝色的大眼睛在注视你，那是印有眼睛图案的靠垫。高过一人的镜子安静地支在角落，嵌在质朴的未经修饰的白色木棍堆里。极简式的长餐桌搭配餐椅，摆放在大堂，平添一份家的感觉。

下一个坡就来到酒店的海水浴场。和东南亚不同的是，这里的沙滩非常粗糙，如果能够穿一双潜水鞋就比较合适。一张巨大的用海草编成的网悬挂在头顶，似乎要把沙滩上的人们打捞。白

人们都懒洋洋地躺着晒太阳，直到把自己雪白的肌肤晒成健美的古铜色。有人趴着看书，也有人睡觉，更多的人什么都不做，却没有人玩手机。几个女人，美的、不美的、胖的、瘦的，很自然地在沙滩椅上趴下，脱掉上装，旁若无人。这个浴场还算不上是天体浴场。天体浴场 (如PARADISE BEACH) 倒是有好几个，甚至有同性恋天体浴场 (SUPER PARADISE BEACH)，据说这是全世界好看的男性同志朝圣的地方。

水是那种蓝得发紫的颜色，就像小时候用的纯蓝墨水。没有人游泳，可是我还是打算去探究一下水底。没想到刚把头埋入水里便看见一群一群小小的艳丽的鱼儿。它们五色斑斓，成群结

米克诺斯岛的EMBASSDOR MYCONIAN酒店

队。和这么多美丽的鱼儿游泳，上一次是在马尔代夫，那还在东南亚海啸之前。也许换了其他地方就要开辟一个旅游项目，喂鱼呀浮潜呀之类的，可是这里却没有一个人为此而感到兴奋与激动，因为这是常态。人类本身就应该与自然和谐相处。比较煞风景的是，不一会儿来了两个中国游客，他们带了两个塑料充气救生圈在戏水。我联想到，中国人喜欢撑伞挡太阳，而不是戴遮阳帽，文化与习惯东西方的差异确实存在。

人人都说小镇上小威尼斯的落日最美，于是我们就早早地提前两个小时在海边的餐厅找了一个最佳的位置。太阳的光芒渐渐变成不刺眼异常美丽的玫瑰红色，天空中看不到一片云，落日又将在海上退去，难免有些单调。突然，空中飘来一片小小的圆球状奇怪的云，镶着耀目的金边，人们纷纷掏出装备：手机，卡片机，单反，去捕捉它。一个苗条的年轻姑娘，优雅地将手机高高举起，夕阳在她身后，金光万丈。日出日落，一天天，一年年，有多少天，我们能慢下脚步，来欣赏一下夕阳，满怀感恩地把一天送走。

希腊的海岛还有很多很多，它们是上帝遗落在人间的一粒粒棋子，等待你的靠近与远离。在这个神奇的地方，美景四处遍布，感动俯拾即是，不需要跋山涉水，一味苦游。无论是去教堂聆听神圣的声音，抑或是拜访普通的当地人家，或者去和开小店的艺术家聊天，都会发现，天堂并不遥远，人间充满真情。

# 回归本真

有这样一群岛屿，也许是离大陆最遥远的地方，位于浩瀚的南太平洋中，就像是上帝不经意地将一把小米撒向大海。从东京要飞12小时，洛杉矶8小时，最近的奥克兰也有5小时的飞行距离。如果从上海出发，需要在东京转机，整个旅程最快的接驳在18小时以上。这就是大溪地，法属波利尼西亚群岛。

于是我纠结了，是否值得车马劳顿地去赴一场陌生海岛的约会，也许这只是一个马尔代夫的翻版，夏威夷的拷贝？生性爱玩爱冒险的射手座最终踏上了人生有史以来最耗时的旅程……

当飞机在深蓝与祖母绿混杂交替的海面上空备降，当身着袅娜鱼尾裙、耳插七朵大溪地栀子花的空姐为我们戴上各色艳

茉莉雅希尔顿度假村水上房

波拉波拉四季酒店水上房

丽的花环，当温热海风送来尤克里里小吉他弹唱，当眼睛也会跳舞的女孩儿轻快地扭动着身躯，刹那间，旅途的辛苦都被吹到了爪哇国。空气中浮动着的栀子花香，炙热的太平洋风情迎面扑来，花香就从一个竹编的大盘子里传出来。深呼吸，仿佛肺也被染成了蓝绿色。人人都在耳边佩戴花朵，在那朵娇俏的白花衬掩下，再疲惫沉重的面孔模样，瞬间便蒙上了一层轻盈，驱逐了昏昏的睡意。

　　大溪地最热闹的去处，是帕皮提市场。早上的时光异常繁忙，占地7000平方米两层楼的建筑，却常常被四射的活力和生活的气息占据得满满当当。挂在货摊上的草帽、编织袋子，一堆堆摆放得整整齐齐的水果和花朵，都有着和主人衣饰一样的鲜艳又热情的色彩。那些水灵灵的蔬菜水果，外形并不饱满，但一看就知道完全没有污染，充满了雀跃的生机。市集二层波利尼西亚风格的手工制品、艺术品和黑珍珠都在等着被人认领回家。

　　几个身材发福的妇女，淡定地在自家摊头边编织鲜花花环边和邻摊的聊天。她们大大方方地看着你，充满尊严，毫不胆怯，慷慨好客。太平洋的风和赤道的阳光赐予了她们古铜色的皮肤，润泽的花环，加上美丽的微笑。我们看着她们，示意要照相，于

出海去看魔鬼鱼

是她们就停下来，明媚地笑了起来。

街角的服装店，和一位94岁的老人聊天，没想到她就是设计师，为世界小姐设计服装。朋友夸了墙上挂的布包好看，她立即就摘下来，作为送别的礼物。这种真诚比慷慨更可贵。

帕皮提是一个比较大的岛屿，在这里，临海是最贵的物业，山上俯瞰海景的次之。帕皮提的艾美酒店面朝大海，春暖花开。几棵足有腰粗的大树，吐出大片大片火红的花，叶子都找不到了，将酒店笼罩在一团火红的祥云之中。

MANAVA度假村有着整个岛上最叹为观止的无边泳池。夕阳时分，泳池和大海在视觉上连成一片，闪烁出一片金色。摇独木舟的、临海独钓的、游泳的、骑自行车的，已经分不清谁在水中，谁在陆地，谁在池里，谁在海上了。远处，飘来尤克里里的琴声，美得让人陶醉。酒店的花园里缠绕着香草的藤蔓，据说，岛上是有名的香草种植基地。同伴小心地掐了一枝，仔细地将它包好，希望她的绿手指能将远方的植物带回故乡。

坐船45分钟就到达茉莉雅岛，这是大溪地群岛中必须造访的岛屿之一。她又被称为魔幻之岛，是大溪地帕皮提的姐妹岛。茉莉雅这个名字起得太美太形象了，因为从地图上看，这个岛屿长得就像一朵有三片花瓣含苞待放的茉莉花骨朵，静静地漂浮在蓝蓝的海面上。茉莉雅希尔顿温泉度假酒店就位于最中间的那片花瓣的顶端。热带雨林中藏身的是一座座独立的小别墅，海上手拉手相连的是一排排水上屋。我的别墅有一个小小的热力池，这也是我进入房间奔向的第一个地方。花园的设计兼顾私密性与视野，人与自然和谐相处。你看，一只母鸡率领一群小鸡大摇大摆地冲进我的院子觅食了。晚餐在酒店的Arii Vahine Restaurant，最后的甜点是一颗巨大的大溪地黑珍珠，那是由巧

茉莉雅索菲特度假村水上房

波拉波拉瑞吉酒店

克力做的。可是，别急，侍者将烧得滚烫的红莓汁淋在上面，珍珠的外壳融化了，露出红莓口味的雪芭。如果谁在里面埋入一枚戒指，我会毫不犹豫地说"YES！"。

　　大名鼎鼎的波拉波拉是众多好莱坞明星度假的胜地。她离帕皮提稍远，坐飞机大约45分钟。波拉波拉的飞机场小得可爱，不需要安检，也没有廊桥。飞机一停，上面的人一边下来，下面的人另一边上去，没有座位号，随到随坐。可是，这样随性的航班却非常安全，起飞和降落都异常轻巧，平稳地拉开这段明星之旅。

　　波拉波拉由许多小岛组成，从空中俯瞰，是一只扇贝——那是珊瑚礁环，而正中的岛就像贝壳里的珍珠。珊瑚礁的天然屏障，将海水圈起来，形成潟湖。潟湖的水是祖母绿色的，因为水浅，底上衬着雪白的沙子，就算是阴天，依然呈现出迷人的蒂凡尼蓝来。我们入住的是瑞吉度假村的皇家水上别墅，仅设5套，每套都拥有

两间卧室和两间浴室，面积达321平方米。据说，妮可·基德曼就曾在此度过蜜月。别墅内独特的玻璃景观地板可直接观赏碧绿通透的礁湖水域。最令人惊艳的是，南太平洋地区最大的悬建于礁湖之上的私人泳池。贾斯汀·比伯裸泳被偷拍也是在此。

　　更大的惊喜还在后面。没想到，我们在大溪地竟然吃了一顿由法国厨师出品的中国料理，而且是在酒店定制的大圆桌上进行的。不是分食，是真正的中国式用餐方法。宫保大虾做得相当出色，红烧豆泡也有水准。酒店的中餐馆也将于明年5月开业，足见对中国客人的重视程度。

　　紧挨着的四季度假村，也要借助快艇才能到达。水域穿越整个度假村，被分成浮潜区域，带沙滩的游泳区域等。度假村内的潟湖区中心有一片小沙岛Motu，上面有一座具有当地原始风格的小教堂，可以举行具有当地风格最原始的婚礼，安排浪漫烛光晚餐。

波拉波拉四季酒店的豪华游艇接送客人

波拉波拉四季酒店的花园

晚餐享用的是一种潟湖鱼，肉质鲜嫩细腻，完全没有海里的大型鱼类的粗糙质地，而是"阳春白雪"。

餐后，酒店用电瓶车送我们回水上房。起风了，屋子里被呜呜的风声和唰唰的海浪包围，不由想起"军港之夜"这首老歌，真的是"头枕着波涛"，"睡梦中露出甜美的微笑"。

如果不喜欢水上房，波拉波拉的珍珠度假村拥有最原生态的热带雨林居住环境。沙滩别墅有着巨大的、私密性非常好的庭院，卫生间在半露天的户外，芦兜树叶茅草屋顶，拱形的天花板，满眼都是波利尼西亚风情，恍如隔世。度假村另一处特别之处在于紧挨着水上屋的珊瑚礁医院To'A Nui，近70种不同鱼类在这里安享天伦之乐，同时，游客可以浮潜。完美的平衡得益于度假村每年持续不断对珊瑚礁的种植与维护。

早餐后，我们开始了与魔鬼鱼共舞之约。快艇行驶不到一个小时，就来到了一片又清又浅的水域。船长用动物的尸体和血液，很快，天上飞来成群的海鸟，水域集结了大批黑头礁石鲨和魔鬼鱼。海鸟的行动方式有些奇特，它们会同时扇动翅膀，但是在空中不前进。忽而，仿佛是得到了某种神秘的召唤，鸟群又集体迅速向前推进。船长招呼我们下水，水还未及胸，温度也刚刚好。终于触摸到魔鬼鱼的身体了，有点粗糙，沙沙的，腹部软而光滑。四五条，张牙舞爪地在我身边环绕，任凭我怎么和它们亲密接触，丝毫不露怯。时不时，它们的长长的尾巴会扫到我，如同磨砂纸一般。

在岛上，时间是用来消磨的，每天睡到自然醒，醒来想干什么就干什么。不需要计划，跟着感觉走，日子过得很随性与奢侈。所以最后一天，我们要走的时候，很有一种从天堂跌落人间的失落感。就像四季度假村写给我的离店卡片一样："……直到

波拉波拉珍珠酒店的珊瑚礁花园

大溪地艾美度假村

酒店要履行那不幸的职责，轻轻地将她从波利尼西亚的梦境中唤醒，提醒她，明天就离开酒店。可是冒险仍将继续……退房时间：七点半。登船时间：七点四十五分。"

于是，我终于明白，为什么与凡·高、塞尚合称为印象派三杰的高更，在经历了63天的海上旅行之后，到达大溪地，并且留了下来，大溪地的原始古朴的风情和毫无修饰的美貌女子，为他打开的灵感之门，创作出最真最美的作品。直至最后在这里长眠。

我终于明白，为什么在大溪地拍完《叛舰喋血记》之后，马龙·白兰度就在当地买了一处居所，并娶了一个大溪地女郎，开始了如世外桃源般的新生活。

因为她的纯真、自然、神秘，让人无法自拔地为之长途跋涉，赴汤蹈火，甚至背井离乡，永远地留下来。放弃舒适与安逸，纸醉与金迷，一切的辛苦，都值得，因为只有在这里，才能找到灵魂的出口，回归本真。

不过，现在不需要辗转劳顿就能到达这座完全没有污染的遥远海岛。大溪地旅游集团在2016年春节运作4架次包机，约1200人次从上海12小时直达大溪地帕皮提。

期待着，重返伊甸园，返璞归真。

南太管理顾问有限公司二维码

# 混血新贵

米兰的冬天不是那么冷。虽然天空不很蓝，太阳苍白而无力，空气很潮湿，夹着泥土和松叶的味道，湿润着你的鼻腔。新年前夜，酒店周围的马路上有点冷清。青石铺成的地面，敲击着鞋跟，硬朗而有质感。可是没走几步远，一个峰回路转，就进入米兰最热闹的购物大街Via Montenapoleone、Via Borgospesso和Via della Spiga构成的时尚金三角。到处都是灯红酒绿，眼花缭乱的橱窗，五颜六色的商品，熙熙攘攘的人群，让人脑子里只有一个冲动，那就是买买买。宁静与繁华就只有这么一步之遥。

可是我还是愿意回到我在米兰的小窝，称它为小窝也许不太合适，因为它着实是一所宫殿。很久以前，大约在1600年，它是声

Palazzo Parigi 酒店大堂（照片由立鼎世集团提供）

名远扬的克拉美宫 (Palazzo Cramer) ,后来，成为意大利的一家银行。几年前，酒店的主人买下了这个处所，将它改建为酒店，两年前，才刚刚开张，重现克拉美宫昔日的辉煌。

为此，老板不惜重金，请来建筑大师 Paola Giambelli 和巴黎室内设计师 Pierre Yves Rochon 携手打造。也许很多人对Pierre Yves Rochon这个名字不熟悉，但说起他设计过的很多酒店如雷贯耳：上海半岛酒店、佛罗伦萨四季酒店、伦敦的Savoy，摩纳哥蒙特卡洛Hermitage等。从这些酒店就能看出他是位能将不同要素完美结合打造出崭新面貌的大师。米兰的这家酒店的设计概念也非常酷: Milan Meets Paris, 光是这句话就足够时尚，足够性感了。他在接受媒体采访时曾说过，"这是法国和意大利两种文化的结合"，怪不得对于设计会有种似曾相识却又陌生的感觉。在这栋建筑物里，设计师将微妙的法国精神自然地融合了进去，而这种表现应该是米兰风格的精髓所在吧。

门童笑脸相迎用法语向你打招呼，并为你开启这座混血宫殿之旅。大堂挑高足有十米，阳光透过玻璃天花板泻下来，墙面、地面全部都用白色带灰色花纹的大理石装饰，贵气而又高雅。同样是乳白色的巨大的花枝吊灯，从高处生长下来，如藤蔓

Palazzo Parigi 酒店水疗中心（照片由立鼎世集团提供）

般，缠绕着，乱颤着。宽敞的灰底白花大理石螺旋扶梯，豪华得必须要穿拖地的长礼服才好意思走上去。好在时尚大街就在不远处，于是，我悄无声息地、神速地去抢购了一件"Roberto Cavali"的红色长袖露背晚礼。

我喜欢有阳台的房间。这里的每一间房间都配有铁艺扶手的小阳台。在寒冷的冬天，穿着浴袍，离开温暖的房间去阳台上吹吹冷风，是多么爽。老公在阳台上抽雪茄。我幻想着下场雪，在阳台上堆个雪人呢。

卧室是奶油色的调子，浅色木质地板，白色大理石的卫浴，清新而又低调的奢华，嗅不出一丝欧洲老酒店的陈腐气息，像我的小窝，愿意让人孵着不出去。很多欧洲酒店都有了一定的年份，硬件设备上和国内、东南亚或中东的酒店差很多，就算近期

重新装修过的，也会因为建筑物本身的限制，很难做全面改动。酒店虽说是老楼改建，但却是从头做起。免费无线网络连接、现代科技设施、平面电视、迷你吧等最新的设施设备都设置齐全。室内的灯控，是触控式的，开关非常方便，渐亮渐暗。最妙的是窗帘，适合我这个对睡眠环境要求极高的人，一层纱帘，一层遮阳布帘，外加自动升降的挡光板，可以在大白天伸手不见五指。其实，欧洲人是很热爱阳光的。在北欧，我住过只有一层纱帘的高级酒店。由于纬度高，特别理解他们对于太阳的珍惜。可是那儿天，因为有时差，阳光简直要把我折磨死了。

第二天是2016年的元旦，米兰所有的店铺都关门，只有风景区内的部分餐馆开张。于是，我们把时间挥霍在酒店足有上千平方米的水疗中心。这里有着摩洛哥异域风格的内饰：雕刻精美的

Palazzo Parigi 酒店早餐厅（照片由立鼎世集团提供）

米兰街景

拱形门，一扇又一扇，给予空间很大程度的延生感，薄铜镂空的葫芦灯，泛着幽暗光泽的金属大托盘……如果从幕布后面旋转出一位蒙着面纱的少女也不让人诧异。泳池不大，在寸土寸金的米兰市中心，已是非常奢华。土耳其浴、桑拿、热力按摩，应有尽有。7间按摩理疗室的设计风格也各不相同，充满新鲜感。可以自己动手泡上一壶茗茶，再挑几件小零食，让那午后淡淡的阳光照在身上，读一本好久找不出整块时间一口气读完的小说。是的，我搭飞机转了半个地球，来这里，做一件在哪里都能完成的微不足道的小事，我喜欢这里的安宁，远离喧嚣，却又遥远而陌生。

化了妆，穿上长袖连衣裙去吃早餐。我讨厌在这么幽雅的环境里蓬头垢面，不修边幅。早餐可以在半户外的玻璃房享用。侍者同样用法语向我问好。薄荷茶，用的是一片片的干薄荷叶，而不是茶包。银质的茶壶沉甸甸的，配有精巧的过滤网。生活啊，就是要那么精致，一丝不苟。单面煎鸡蛋配培根端上来了，伴随着侍者哼着小曲，我喜欢她那种让人放松的态度。户外，是有百年历史的花园。几棵参天古树，一口罗马式喷泉，三两个雕塑。虽然整栋宅子都进行了大翻新，但是这个小巧的花园还是原汁原味地保留了下来。尊重历史，敢于创新，也许很难做到。北京有数不清的五星级酒店，设施硬件好得没话说，可是，只有在安缦颐和，才能让我找到归属感。我最害怕清晨，在某个酒店醒来不知自己身居何处。

噢，我钟情的米兰新开张的这家糅合法意两种血统的酒店，名字叫Palazzo Parigi。Palazzo就是宫殿的意思。它给了我巴黎的大堂，米兰的卧室；传统的外观，年轻的心脏；异国的情趣，回家的温馨。

# 后记

June Yan, graduated from MBA of City University of New York, retired at her late 30s and co-founded a venture with her husband, and turns out to be a writer. She travels and writes. Hotels are her destinations. She has a column in "Jet Master", a Chinese high-end life style introducing magazine. She is also the contributor writer for such magazine as "Time and Arts", "Private Jet", "Travel and Leisure"······ She is also reported by several magazine, such as"Target", "Robert Report", "Bazaar", "Tatler" and so on.

As a fan of the Leading Hotels, June Yan always choose the member hotels of leading hotels during travel. As a curious traveler with the philosophy of "hotel is the destination", June Yan is always interested in exploring the authentic local culture during the remarkable uncommon experience at the leading hotels.

The Leading Hotels of the World is an uncommon collection of authentic and distinct luxury hotels. Rooted in the locations where they are found, all members embody the very essence of their destinations. Offering varied styles of architecture and design, and immersive cultural experiences delivered by passionate people. Established in 1928 by several influential and forward-thinking European hoteliers, Leading Hotels has an eight-decade-long commitment to providing remarkable travel experiences.

We wish you enjoy reading the travel story presented by June Yan, which may get you inspired to create the uncommon story of yourselves.

**Fiza**

Chief Representative of China

Office,The Leading Hotels of the World Ltd

盛装旅行是一种生活方式和态度，在欣赏景观人文的同时，把自己最佳的状态奉献给当地的人们，让自己成为别人眼中的风景，是自信与热爱生活的表现。严俊，我们立鼎世入会已长达五年的老会员，就是这样一个在旅行中特立独行、志趣高雅、极富浪漫主义色彩的行者。

立鼎世酒店集团旗下网罗众多真正独特的高端奢华酒店。每家成员酒店在其创始地都拥有悠久历史，将各自独有的文化及历史传承完美呈现。成员酒店建筑风格和设计形式多样，富有激情的酒店业精英为宾客营造身临其境的文化体验，成为眼光独到、乐于探索的旅行者的不二之选。集团成立于1928年，由欧洲一群极具影响力且富有远见的酒店业主共同创立，80年来始终致力于为宾客提供卓越的旅游体验。

希望您慢慢地品味这部作品，并沉浸于所有色彩斑斓的故事中。也许，有一天，您也会像作者一样，以盛装向旅行致敬。

**韩辉**
立鼎世酒店集团中国代表处首席代表

LHW 微博二维码　　　　　LHW 微信二维码

In the premium customized travel circles, I come across lots of real travelers and explorers, among which June Yan is the most distinctive one. Every time she travels, she devotes her heart and soul into the background of each destination, instead of just lingering on beautiful scenery. She deeply observes and learns local culture, closely interact with local people, and then turning all these into her one and only private experience. When I read through her words, I'm always inspired by her unique personal thoughts and enchanted by her passion for travel.

Travel is quite private experience indeed. It is simply impossible that all these similar guide books and itineraries can satisfy individual travelers of different background, preference and expectations. Customized travel is bound to become the major trend in the future. By setting up 7sea Travel, I wish to design exclusive itinerary for each and every traveler and enable them to gain their own experience with uniqueness and high quality. Dress up and follow 7sea Travel, let's create fruitful memories!

**Alvin Xu**
Founder of 7sea Travel

在高端定制旅行圈内，我认识很多真正的旅行者和探险家，但严俊是其中最与众不同的一位。她的每次旅行从不停留于流连美景的层次，而是用心地将自己嵌入每一个目的地的背景中，去深入感受和吸收当地文化风土，与当地人密切地沟通互动，形成独一无二的私人体验。每次看她的文字，总能为她的独特见闻和感悟而惊喜，为她对旅行的执着热爱所陶醉。

的确，旅行是一种私人体验。千篇一律的旅行指南、攻略和线路怎可能满足经历、爱好和期望各不相同的个体的旅行需要。私人化的定制旅行必将成为未来旅行的趋势。创立七海旅行，就是希望为每一位旅行者量身定制专属行程，收获优质独特的旅行体验。让七海旅行带领你，盛装出行，满载而归。

**许青**
七海旅行创始人

七海旅行官方微信

责任编辑：董　昱
装帧设计：黄海生
责任印制：冯冬青

---

**图书在版编目（CIP）数据**

盛装旅行 / 严俊著；戚克枏摄影 . -- 北京 ：中国
旅游出版社，2016.5
　　ISBN 978-7-5032-5626-4

　　Ⅰ . ①盛… Ⅱ . ①严… ②戚… Ⅲ . ①游记－作品集
－中国－当代 Ⅳ . ① I267.4

中国版本图书馆 CIP 数据核字（2016）第 100701 号

---

| | |
|---|---|
| 书　　　名： | 盛装旅行 |

| | |
|---|---|
| 作　　　者： | 严　俊 |
| 摄　　　影： | 戚克枏 |
| 出版发行： | 中国旅游出版社 |
| | （北京建国门内大街甲 9 号　邮编 100005） |
| | http://www.cttp.net.cn　E-mail:cttp@cnta.gov.cn |
| | 发行部电话：010-85166527/07 |
| 排　　　版： | 黄海生 |
| 经　　　销： | 全国各地新华书店 |
| 印　　　刷： | 上海雅昌艺术印刷有限公司 |
| 版　　　次： | 2016 年 5 月第 1 版　2016 年 5 月第 1 次印刷 |
| 开　　　本： | 889 毫米 ×1194 毫米　1/20 |
| 印　　　张： | 5.4 |
| 字　　　数： | 80 千 |
| 定　　　价： | 58.00 元 |
| **I S B N** | 978-7-5032-5626-4 |